너를 사랑할 시간

너를 사랑할 시간

다온

Prologue_

   비가 오는 날이면 떠오르는 다정한 얼굴이 있습니다. 무심하게 지나치려다가도 꼭 한 번 멈춰 서 불러보고 싶게 만드는 이름을 가진 사람. 첫사랑이자, 그리움이자, 늘 나의 편이 되어주었던 사람. 나보다 나를 더 잘 알고, 많은 게 당연했던 친구이면서 나를 아끼듯 소중했던, 더없이 찬란한 나의 여름이 되어 주었던, 파도에 부서지는 햇살처럼 마음 한 편에선 내내 빛나고 있는 사람.

   이미 억겁의 세월에 걸쳐 놓쳐버린 것들이 많지만, 고맙다는 말만큼은 포기할 수가 없었습니다.

   사랑한단 말은 언제라도 늦지 않았으면 좋겠습니다.

차례

당신은 지금 여기에 있고, 시간은 약이 아닙니다 · 마음이 휘
청이는 날이면 어김없이 당신 생각이 나 · 무뎌진 마음에서
도 미련이라는 거 한 움큼 묻어나기 마련이었다 · 당신이 내
게서, 지난 내 손마디에서 오래도록 선연할 수 있었으면 좋겠
어요 · 괜찮지 않은 하루를 보내고 나면 내일은 조금 다를
줄 알았어 · 안부 물으러 왔어요 내 사람, 거기 잘 있나 해
서 · 이별은 사랑했던 시간만큼, 어쩌면 그보다 더 먼 길이
될 수밖에 없다 · 차라리 없던 일이었으면, 하고 바란다 그
럼 좀 나을까 싶어서 · 세상이 조금만 느리게 흘러갔으면 좋
겠다 · 아무 일도 없는 것처럼 우리 아직 함께 걷고 있는 것
처럼 · 참고 참다 뱉었던 고백보다도 어렵다 누군가를 좋아
하는 일이 · 당신은 파란 하늘의 비처럼 불쑥 찾아들어 물방
울들이 살갗에 닿듯 선명히 떠오른다 · 너의 계절은 좀 어때

· 당신의 봄은 좀 어떤가 싶어서 · 익숙한 곳에 걸음 하게
될 때마다 당신을 기다리게 되는 거다 · 다짐만으로는 되지
않는 것들이 너무 많다 · 잘 지내야만 했던 내가 어떤 마음
이었을지, 너는 모를 것이다 · 그때 그 시절 내 곁에 있어 줘
서 고마웠어요 · 그리움이라는 거 인화된 사진 뒤에 적어 놓
은 날짜 같은 마음이지 않을까요 · 보고 싶을 것 같아요 돌
아서면 금방 보고 싶어질 것 같아 · 사랑한다 말하지 않아도
내뱉는 숨결마다 마치 긴 고백을 하고 있는 것 같았다 · 사방
이 그리움뿐인 날에 · 내가 너를 많이 좋아했어 지금도 많이
소중해 네가 · 네가 더는 아프지 않기를 바라 · 보고 싶었
어 그 애가, 그 해사한 미소가 · 끌어안고 싶어지는 목소리가
있다

두 번째 이야기.
나는 여전히 당신을 생각해 62

네가 내게도 묻고 싶은 게 많아졌으면 좋겠다 · 그때 손잡
아 줬더라면 지금 이 자리에 당신이 있었을까요 · 너를 꺼내

지 않고서는 도무지 설명할 수 없는 날들이 있다 · 당신은 좋은 사람인가요 · 익숙한 숫자 앞에 우뚝 멈춰 설 수밖에 없다는 것 · 영원했다 영원하지 않았다 영영 사라져버릴 것 같았다 · 어떤 이별 · 요즘엔 당신을 잘 모른다 잘된 일인지는 모르겠지만 · 사진을 지우러 들어갔다가 한 시간이고 두 시간이고 띄워두게 되는 얼굴이 있다 · 비겁하게 좋은 사람 · 그리워한다는 거 어쩌면 흔적을 부둥키는 일이 아니라 남겨두고 싶은 마음일지도 모르겠어 · 말 한마디에 남이 되는 것처럼 · 이 봄이 지나면, 당신을 놓을게요 그땐 우리 정말로 이별을 하는 거예요 · 당신이 너무 잘 지내지는 않았으면 좋겠다 · 네 생각을 했나 봐, 네가 보고 싶었나 봐 · 함부로 다 안다고 말할 수 없었어 여전히 위로하는 법을 몰라서 · 비가 오는 날이면 생각하고 싶은 얼굴 하나쯤은 다 안고 살아가는 거 아니겠어요 · 이젠 없는 사람들 · 끝까지 나만 아쉬운 관계였어요 내가 더 좋아했으니까 · 고맙다는 말을 더 많이 해줄걸 · 잘 못 지내, 한마디 하고 싶었다고 · 그런 사람이고 싶었어 · 외로운 게 죽기보다도 싫은 날이었다 · 보고 싶단 말은 언제라도 늦지 않았으면 좋겠어요 · 01:32 · 적당히 주는 마음이라는 거, 말처럼 쉽게 되는 일 아니잖아요 · 봄이면 그 어여뻤던 시선을 따라 걷는다 이 계절이 훌쩍 져버릴 때까지 · 단 하루도 아프지 않았던 날은 없었습니다 · 괜찮다는 말은 때로 위

태로웠다 · 무심한 것들이 참 많았다 궁금하지 않았던 것이
아닌데 · 안고 살아가는 몇 가지 상처들엔 나도 어쩔 줄을 모
르겠는 날이 있어요 · 보고 싶은 얼굴들이 많다, 요즘엔 · 이
유 없이 멀어져 버린 사람 누구나 한 명쯤은 있겠죠 · 감히 다
안다고 할 수 없는 마음 · 가끔은 모른 척하면 정말 몰라서
어쩌지 못한 것처럼 되는 일도 있다고 믿고 싶다 · 잊어도 잊
은 것 같지가 않습니다 · 함부로 사랑을 했다 · 떠올릴 때면
입 안 가득 쓸쓸함이 감돌게 하는 얼굴들이 있다 · 알고 있었
어요 영락없이 이별이라는 거 · 무엇에게도 사랑받지 못하는
계절

세 번째 이야기.
우리의 지난 모든 걸음은 아름다웠기에   142

불행을 불안해하지 않을 만큼 행복하고, 견딜 수 있을 만큼 아
팠으면 좋겠다 · 올 듯 말 듯, 벌써 봄이 오고 있다니요 · 당
신을 잊는다는 건 · 위로받고 살아요 기억에 추억에 웅크려
아파하지만 말고요 · 당신이 지나간 자리 끝엔 못다 한 우리

의 진심이 있나요 · 좋아하길 잘했다, 싶은 사람이고 싶어요
· 안부의 무게 · 언젠가 기억이 전부 바래져 내가 당신을 사
랑했었다는 사실만이 남는대도 · 나를 향한 당신의 모든 것
에 고마웠습니다 그 무엇도 사소한 적은 없었습니다 · 차마
남이라고는 부를 수 없는 이름들 · 슬픔이란 내 손에서 시든
꽃송이를 심어두는 것과 같아서 · 그런 게 슬픈 겁니다 추억
이든 사람이든 영원할 수 없다는 사실이요 · 그 선 너머 나는
넘어갈 수 없는 곳 · 당신의 이름은 · 생각만으로도 여름이
넘실거리는 얼굴이 있다 · 아무도 나를 몰랐으면 하는 날 ·
더는 무너질 것도 무너질 곳도 없다 생각했던 삶이 주저앉는대
도 다 괜찮다고 · 한쪽 구석이 시들어간다 해서 무너질 이유
는 없습니다 · 잘 된 이별이기를 바랐다· 변함없는 애정과 다
정함 속에서도 기회를 잃어버린 말들이 많습니다 · 마음과 비
슷한 온도의 말이나 행동들이 위로가 된다 · 아직은 늦지 않
았기를 · 잘 살고 있어요, 우리 · 좋은 기억이었으면 해요, 내
가 · 꽃이 피고 지듯이, 계절이 물들어가고 돌아오듯이 · 괜
히 울고 싶어지는 날이면 다 내 잘못 같고 그래 · 멀수록 간절
하고 가까울수록 애가 타는 얼굴들이 있습니다 · 잘 자요 당
신에게 따뜻한 어둠이 됐으면 좋겠어요 · 부디 그 겨울은 ·
잠시 동안이라도 고민은 없길 바라요 · 괜찮다 아무 일도 없
을 테니 · 좋은 삶이 되었으면 · 좋아하는 것이 없어도 괜찮

다 · 당신의 이름으로 · 추억과 현실, 그 경계가 허물어진 틈에서 당신을 기다리고 싶어지는 날이 있다 · 너무 아프지만은 않았으면 좋겠습니다 · 기댈 수 있는 사람, 그거면 됐다 · 고맙다는 말을 전하고 싶습니다 · 이 말이 마지막은 아니겠지만, 행복해 어디서든 · 한 번만 안아볼 수 있다면

Epilogue   234

당신의 온기는 따뜻했고

다 꿈이었다는 듯.

이제 그만 깨어나 살아가라고 말하는 것만 같아요.

당신은 없었고 나는 원래 혼자였다는 것처럼.

당신은 지금 여기에 있고,
시간은 약이 아닙니다

00시 13분 45초를 넘어가고 있는 이곳은, 바람 한
점 없는 고요한 밤입니다. 달빛 하나 없는 밤하늘은 검
은 도화지 같아서 속을 거치지 않은 생각들이 마구 펼
쳐지기에 좋습니다. 멀어진 기억이나 흐릿해진 감정에
애써 본래의 색을 입히려 하지 않아도, 바래진 그 자체
만으로도 저 검은 하늘 아래에서라면 선히 그려낼 수
가 있기 때문입니다.

낮이면 흩어지려는 것을 붙잡지 못해 괴로운 기억들
이, 밤이면 손아귀에 품어진 듯 선연합니다. 싱싱한 초
록이 저물어 앙상한 나뭇가지만을 남기고 그 아래 까
칠한 잔폐 대신 낙엽이 뒹군다 한들, 그게 다 무슨 소
용이겠습니까. 당신은 지금 여기에 있고, 시간은 약이
아닙니다.

앙상한 나뭇가지 아래를 거닐며 옷깃을 여미게 된
다는 건 그런 겁니다. 작은 호흡 한 번에 함께 살던 그
날로 돌아갈 수밖에 없는 것. 이 걸음이 향하는 곳에
당신 아직 있다고 믿고 싶게 만드는 것.

마음이 휘청이는 날이면
어김없이 당신 생각이 나

꽃을 신물해 줄 사람이 있다는 건
마음을 전할 곳이 있다는 것과 같은 거예요.
당장 전해줄 수 없다 해도 괜찮아요.
꽃을 선물하고 싶어졌을 때
떠오르는 사람이 있다는 것만으로도
마음은 길을 잃지 않을 테니까요.

그런 의미에서 오늘은 꼭 꽃을 선물해 주고 싶었는데.
이걸, 이렇게, 건네주고 싶다고 내내 생각했어요.
이건 비밀인데요, 오늘처럼 마음이 갈피를 잡지 못하고
휘청이는 날이면 꽃집엘 들려 꽃 몇 송이를 사 와요.
더는 당신을 위해 꽃을 살 수 없다고 생각하면,
그건 너무 슬픈 일이니까.

무뎌진 마음에서도 미련이라는 거
한 움큼 묻어나기 마련이었다

보통 이 시간쯤이면 해가 방문까지 창을 넘어와야 하는데 오늘은 저 맞은편 건물 옥상의 반 만큼밖에 오지 않았다. 그것은 이른 오전보다는 오후 중간 때의 풍경을 닮았다.

사람 한 명 없는 호수를 거닐다가 이십 명은 족히 앉고도 남을 의자를 발견했다. 지금은 버려졌다지만 옛 적엔 다정한 온기로 뭉친 사람들끼리 모여 이 호수와 오리를 바라보고 있었겠지. 고개를 들면 나뭇잎이 액자처럼 둘러진 사각 안에 하늘이 보이니 가끔은 이 자리에 달도 떴겠지. 부러진 다리라기엔 모양새가 꽤 그럴듯한 저 통나무 위로 올라설 때면 작은 돛단배가 마중 나와 있었을까. 누군가는 노를 저었으려나, 이 작은 호수에서.

난 풀을 싫어하는데 오늘은 풀에 둘러싸여 앉아 있다. 고개를 들어도 풀이, 뒤를 돌아봐도 풀이, 앉아 있는 곳에도 풀이, 발아래도 풀이 있다. 이런 곳을 좋아할 만한 사람이 생각 난 탓이다. 딱 열 걸음만 더 가 봐야지 하다가 기어코 호수까지 와 버린 것은.

나뭇잎 사이에 가둬진 하늘이라든지, 햇살에 연노랑 빛이 감도는 나뭇잎이라든지, 물과 나무가 공존하는 모습이라든지, 물에 비친 나무 그림자라든지 하늘이 일렁이는 모습이라든지.

나를 여기까지 오게 만든 그 사람은 내 생각이 나이리로 오지 않았냐는 듯 아까부터 불쑥 고개를 내밀고 있다. 보고 싶은 건지, 한 번만 다시 안아봤음 싶은 건지, 나를 불러주던 목소리가 그리운 건지, 잘 잤냐며 물어오던 인사가 읽고 싶어진 건지. 이왕 여기까지 온 거 편지라도 적어 두고 싶어졌다.

당신 생각이 나서 호수에 왔어요. 온통 풀 뿐인 곳에 발 딛기 두려웠는데도 당신이 좋아할 풍경이 저기에 있다고 생각하니까 안 갈 수가 없었어요. 풀 때문에 몸이 너무 간지러운데 좋은 건 딱 하나 있네요. 당신이 좋아하는 것들 사이에 있으니까 맘 편히 당신 생각을 할 수가 있어요. 핑계 같은 게 생긴 기분이라 해야 할까요. 종종 와야겠어요. 여기에 있으니까 뭐랄까, 꼭 모든 게 당신을 생각하라고 위로해주는 것만 같아요. 안부 같은 거 물을 수도 없게 되었지만, 이곳에서라면 평범하게 걱정해보고 어렵지 않게 행복을 빌어줄 수 있을 것 같아요. 그래도 될 것 같아요

당신이 내게서, 지난 내 손마디에서
오래도록 선연할 수 있었으면 좋겠어요

곧 잠원역에 지하철이 정차할 거예요. 출입문이 열리면 혹시 당신이 들어오지는 않을까, 내리는 사람들 중 섞여 있지는 않을까 바쁘게 주변을 두리번거리게 될지도 모르겠어요.

길을 걷다 마주치기 일쑤였던 우리가, 카페 계산대 앞에 줄을 서 있으면 종종 내 앞사람이 당신이었던 날들이, 지하철 출입문이 열리면 꼭 운명처럼 서로를 마주하고, 빵집에서 빵을 사 들고 나가는 당신과 커피를 사러 들어오는 내가 마치 서로의 마음을 들여다보기라도 한 듯 맞물린 행복에 벅차오르던 순간이 그리워요. 이런 날들 더는 있을 수 없게 된 것을 보면 우연도 인연일 때나 찾아오는 행운인가 봐요.

다 꿈이었다는 듯, 이제 그만 깨어나 살아가라고 말

하는 것만 같아요. 당신은 없었고 나는 원래 혼자였다는 것처럼. 자꾸만 그날의 바람이라든지 오후 햇살의 냄새라든지 노을빛 눈부심 같은 것들이 모든 건 꿈이었다고 내게 말하고 있는 것만 같아요. 기억이 흐려지는 게 무서워요. 떠오르는 추억들 모두 눈이 부시게 아름다워서, 너무도 찬란하여서, 마치 긴 꿈을 꾼 것만 같거든요.

난 당신이 내게서, 지난 내 손마디에서
오래도록 선연할 수 있었으면 좋겠어요.

괜찮지 않은 하루를 보내고 나면
내일은 조금 다를 줄 알았어

시간이 지나면 아무렇지도 않게 될 줄 알았어. 버려
지듯 끝나버린 관계에 새로운 사람을 만나는 게 두려
운 것이나, 사람에게 쉽게 마음을 열려고 하는 나를 자
꾸만 의심하게 되고 사람을 믿지 못하게 되는 거. 세상
은 온통 거짓투성이인 것 같은 기분에 살면서도 네가
돌아올 거란 믿음은 저버리질 못하는 거. 사람들 입에
서 네 이름이 나오진 않을까, 그런 상황을 마주하는 게
너무 무서워서 연락이건 만남이건 도망치기에 바쁜 거.
아무도 나를 모르는 곳으로 사라져버리고 싶다는 생
각에 잠겨 사는 거. 있지, 나는 다 괜찮아질 줄 알았어.
너를 잊진 못하더라도 무뎌질 수는 있겠다고 생각했었
어. 가끔 네가 가장 행복해하던 얼굴로 나타나. 네가
아직도 그렇게 웃고 있어, 내 기억 속에선.

안부 물으러 왔어요
내 사람, 거기 잘 있나 해서

　오늘은 당신과 매일 만나던 골목길을 네 바퀴쯤 돌다 놀이터의 그네에 가 앉았어요. 여름 하늘이에요. 여름밤 하늘, 여름 밤하늘. 헤헤. 난 남색 하늘에 회색 구름이 보이는 게 그렇게 좋더라. 밤이면 하늘이 새까매져서 아무것도 보이지 않는 게 싫었거든요. 요즘 도시에서는 별도 잘 보이지가 않고, 달만 덩그러니 떠 있는 모습은 하늘보다는 우주가 떠 있나 싶기도 해서요. 그래서 저렇게 구름이 보일 때면, 내가 낮에 봤던 그 하늘이 아직도 잘 있구나 싶어요. 위로가 돼. 한 자리에 오래도록 있는 것들. 여기 놀이터처럼. 골목길처럼. 내가 당신을 잊을까 봐 불안해하지 않아도 되게 해주잖아요. 언제든 이곳에서라면, 당신을 떠올릴 수 있을 거예요.

보고 싶어요. 나 아직 당신과 같이하고 싶은 것들이 이렇게나 많은데. 해주고 싶은 것들이, 내 오늘에 내일에 저 계절 건너까지도 한가득한데. 내가 그리워지거든, 부르고 싶어지거든 꼭 찾아와요. 알겠지. 아니다. 그 자리에서 내 생각만 해요. 그럼 내가 갈게. 내가 언제든 당신 행복하게 해주러 갈게요.

다행이에요. 지나간 시간은 그대로 굳어버린다는 거, 멈춰버린다는 거, 바꿀 수 없다는 거, 마음대로 지워별 수도 없다는 거. 결코 없던 일이 될 수는 없다는 거. 사람들 다 잊어도 당신이라는 사람을 만났었다는 거, 우리 함께였던 시간 전부 그대로 남는 거잖아요. 증명해 보이지 않아도 되는 기억을 간직할 수 있다는 게 얼마나 기쁜 일인지 몰라요.

나 지금 이태원역이에요. 405번 버스 한 번이면 당신 집 앞까지도 갈 텐데. 벌써 네 대째 보내고 있어요. 사실 타고 싶어도 돈이 없어서. 몸만 달랑 들고나왔거든요. 카드를 챙긴 것도 같은데 어디에 흘렸는지 보이지를 않네. 이참에 좀 걸으려고요. 이 길 따라 쭉 내려가면 한강공원에 갈 수 있잖아요. 그러고 보니 언젠가 당신 이태원에서 놀고 집까지 걸어간 적이 있다고 그랬

었는데. 연말에, 친구들이랑 놀고 날이 너무 좋아서. 그
죠? 이 길을 걸었을까요. 이 길 쭉 따라가다 잠수교를
건너면 당신 집에 갈 수 있는 건가. 와, 그러게. 그러겠
다.

풀냄새가 나요. 풀냄새 좋아하죠? 그런 향수 썼잖아
요. 새벽 공기라 덥지도 않은데. 걷기에도 좋고, 사람도
없는데. 산책 나오라고 전화하면 이 새벽에도 당신은
당장 나와 줬을 거예요. 그치. 항상 내 편이었으니까.
무조건 내 사람 해줬으니까.

보고 싶어요. 많이 보고 싶어.
내가 많이 아껴요, 알지?

또 편지할게요. 나 잘 지내볼게.

이별은 사랑했던 시간만큼,
어쩌면 그보다 더 먼 길이 될 수밖에 없다

누가 모르는가. 마룻바닥에 떨구어진 시선, 그 위로 그림자 진 시간을 손마디로 계산하는 일. 침묵이 무겁게 내려앉기 전에 작은 헛기침을 내어주는 일. 우리가 이토록 서로에게 소리 한 번 내지 않는 까닭은, 내가 지금 당장에 볼 일이 좀 많아서라고. 누군가는 이 침묵이 유지되길 바라여서, 누군가는 그 침묵의 이유에 정당함을 끼워 맞추기 위해서. 옷에 먼지를 털거나, 화장실을 다녀오거나, 텅 빈 메시지를 확인하거나, 무엇이 잘못된 척 테이블을 흔들어 보거나, 먼지만 한 무언가 떨어진 척 바닥을 자세히 들여다보거나, 찾는 것이 있는 척 주위를 두리번거리거나. 당신은 내게, 나는 당신에게 말을 걸 틈이 없다는 것을 몸소 보이며 쓸데없이 부산을 떤다.

영수증을 꼬깃꼬깃 접어 편지를 만들었다. 생각보다 너무 빨리 접어버린 탓에 커피를 내리 입에 물고 있어야 했지만. 아메리카노의 '아'자도 모르는 내가 뜨거운 커피 한 잔을 턱 아래 두고, 얇은 빨대를 질겅질겅 씹으며 혀끝을 겨우 적실 정도의 한 모금을 한참 동안이나 머금은 날이었다.

이별의 시작은 이별을 예감하는 일부터라고 생각했다. 왜 모르겠는가. 어떻게 모를 수가 있나. 누구보다도 내가 가장 잘 알 것이라고 확신했던 사람, 몸과 마음을 맞물려 호흡을 나누던 사람이 변해가는 것을 정말 모를 수 있을까.

동그란 커피 자국이 보일 즈음, 애꿎은 빨대만 물고 있는 것으로는 파르르 떨리는 듯한 저 입술 새로 비집고 나올 소리를 더는 피할 수 없음을 알았다.

그만해야지. 더 늦기 전에, 놓아야 한다는 생각이 들 때. 다짐 만으로라도 수십 번 이별을 말할 수 있을 때, 그만해야지. 그만 아파야지.

그러니 괜찮다. 다 괜찮다.

마음을 다잡는 와중에도 테이블을 드리우는 그림자

가 곧 세상이 내게 사망 선고를 내릴 것이라고 말해 주는 듯했다.

긴 이별이 되리라. 이별을 예감하는 일에서부터 이별을 실감하는 날 그 중간 어디쯤에 우리는 남이 되었을 것이다. 이별을 받아들이고 당신을 잊기까지. 그래. 이별은 사랑했던 시간만큼 어쩌면 그보다도 더 먼 길이 될 수밖에 없다.

차라리 없던 일이었으면, 하고 바란다
그럼 좀 나을까 싶어서

  힘들었어. 당신의 좋은 일에 내가 더 기뻐할 수도 없
고, 당신을 마음대로 판단하는 사람들의 말을 듣고 화
를 낼 수도 없었으니까. 여기저기 도는 당신의 얘기들
에 종일 신경이 쓰여 시간을 멈춘 채 살아가는 것도,
더는 그러면 안 되는 거니까. 당신의 마음이 어느 곳으
로 기울었다는 말을 듣고 가슴이 아파지는 일도, 이젠
정말 마지막이어야 했으니까. 들려도 못 들은 척, 보고
도 못 본 척. 그런데도 자꾸만 당신의 일이라면 무작정
달려가게 되는 몸 하나를 어쩌지 못해서, 그게 뭐든 당
신이라면 마구 흔들리는 내가 안쓰러워서.

  나 너무 힘들어, 당신아. 퍼석거리는 숨으로 겨우 하
는 호흡마저 날 선 칼날이 되어 살아가는 매 순간 난도
질당하는 기분에 살아.

지치고, 지긋지긋해.

나는 왜 하필 당신을 사랑했을까.

당신을 몰랐던 때로 돌아가고 싶어. 그럼 좀 나을
까.세상이 조금만 느리게 흘러갔으면 좋겠다고 생각했
어요. 내게 안 좋은 일이 생기기라도 하면, 얼른 털고
일어나라 하는 말에 오늘은 왠지 가슴이 턱 막히는 기
분이었거든요. 누구의 품이든 기대어 한껏 울어 볼 생
각이었는데, 나는 또 버릇처럼 참아내고야 말았어요.
그 어떤 아픔도 속 시원히 털어 본 적이 없는 것 같아
요. 숨이 넘어가라 울었던 적이 몇 번이나 있을까, 그것
이 내 아픔을 털어내기 위함이었던 적이 있기나 할까.

세상이 조금만 느리게 흘러갔으면 좋겠다

상처는 무뎌지는 것이 아니라 곪아가는 거예요. 정말로 무뎌지는 것이었다면 살아갈수록 아픈 일들은 줄어들고, '이쯤이야'라며 웃어넘기는 여유를 가졌겠죠. 사실 상처 받는 것쯤 이젠 아무렇지도 않아요. '무너져도 괜찮아.'라고들 하면서 정작 아파할 시간도 채 주지 않으면서 멀쩡하게 살아가길 바라는 세상에 괴로운 거지.

버티라는 말을 가장 많이 들었고, 견뎌야 한다는 말은 숨 쉬듯 들어왔어요. 잘 버티는 게 뭐 좋은 거라고. 그런 게 외로웠어요. 내게도 도망칠 곳 하나쯤 있었더라면 좋았을 텐데.

세상이 조금만 느리게 흘러갔으면 좋겠어요. 충분히 아파하고 스스로 일어설 수 있을 만큼 아주 조금만이라도, 느리게.

아무 일도 없는 것처럼
우리 아직 함께 걷고 있는 것처럼

여느 때와 다름없는 날이었다. 달라진 것이 있었다
면 어딘가 무뚝뚝해진 그 애의 말투와 자주 엇나가는
시선. 평소처럼 다가서기엔 알 수 없는 낯선 무언가에
무슨 일이라도 생긴 걸까 걱정이 됐다. 처음엔 평소와
다르다는 느낌에서 헤어 나오질 못했는데, 이내 스치
듯 못 박혀버린 '변했다'는 단어에 사로잡혔다. 알면서
도 모른 척을 하는 수밖엔 내가 할 수 있는 게 없었다.
늦어지는 답장과 줄어드는 연락에는 그 애의 구차한 변
명 없이도 이미 나 스스로 그럴싸한 이유를 잘도 만들
어내었고, 그다음으로는 괜찮다는 말에 익숙해진다. 여
러모로 괜찮아야만 했으니까. 이별이 다가오고 있음에,
그 애가 멀어져가고 있음에, 혼자서만 기대하고 기억하
게 되는 것들에.

결코 틀리는 법이 없는 슬픈 예감으로부터 나는 내
내 그 애의 마음이 식어가는 것을 찬찬히 들여다봐야
했다. 하루하루 성큼 멀어져가는 뒷모습에게로 매일 같
이 달려가야 했다. 아무 일도 없는 것처럼, 우리 아직
함께 걷고 있는 것처럼.

참고 참다 뱉었던 고백보다도 어렵다
누군가를 좋아하는 일이

그냥 좋아할 수 있었으면 좋겠어요.
미리 겁먹고 마음을 주는 듯 안 주는 듯
재는 듯 재지 않는 듯 애매하게 구는 거
참 별로라 생각했는데,
그거 한 번쯤 왈칵 좋아해 보고 덥석 사랑해서
데인 상처가 있다는 말일까요.
사람 마음은 알다가도 모를 것이라
스치듯 데여도 굳게 마음을 닫게 되거나
쉽게 색안경을 끼고 보게 되기도 하잖아요.
그냥 좋아하기가 뭐 이리 어려울까요.
좋아하면 좋아하는 건데,
그게 말처럼 쉽지가 않은 것 같아요.
자꾸만 아직은 되돌릴 수 있다고,
아직은 멈출 수 있다는 생각이 들어요.
마음은 이미 그게 아닌 것 같지만 말이에요.

당신은 파란 하늘의 비처럼 불쑥 찾아들어
물방울들이 살갗에 닿듯 선명히 떠오른다

이곳은 파란 하늘도 종종 비를 내려서 우산을 들고
다니지 않으면 비를 맞기 일쑤인 것이다. 날이 좋아 하
늘 사진을 찍어두고 있자면 그 틈새로는 한두 방울씩
빗방울이 내리는 날도 적지 않았다. 가끔 이별 같은 것
을 얘기할 때면 푸른 하늘에서도 비는 내린다는 말을
하곤 했었는데, 직접 겪으니 영 이상할 따름이다.

파란 하늘에서도 비가 내린다. 머리와 얼굴에 닿는
차가운 물방울들이 거슬려질 즈음이면 하늘은 회색빛
이 된다. 반은 회색이고 반은 푸르다. 먹구름에 먹혀가
는 것인지, 먹구름이 달아나는 것인지는 알 길이 없다.
비를 쫓아 내리 하늘만 보고 있을 수도 없는 노릇이니
말이다.

당신은 그렇게 찾아든다. 파란 하늘의 비처럼 불쑥

내린다. 차디찬 물방울들이 살갗에 닿듯 선명히 떠오른다. 그럴 때면 반은 흐리고 반은 푸른 하늘처럼, 슬픈 것 같기도 아닌 것 같기도 한 기분에 휩싸인다. 슬퍼지는 중인지, 잠시 드리워진 그림자였을 뿐인지. 나는 당신을 잊었는지, 그리워하는지. 떠오르는 당신을 생각해 봤자 기억의 끝에 다다라 본 적 없기에 무엇도 알 수 없지만, 이것만은 분명하다. 잘 지내다가도 문득 떠오르는 당신에 나는 우뚝, 멈춰 선다는 것. 당신을 생각하기 위해 이름 모를 감정을 받아들이기 위해, 나는 내리는 당신에 그저 젖어 든다는 것.

너의 계절은 좀 어때

어떤 사랑은 뒤늦게 그 마음을 알아서 그제야 빈자리를 부둥키게 되는 것처럼, 가을 냄새를 물어오던 목소리에 가을이면 거리에서 낙엽 냄새가 난다고 대답할 수 있게 되었을 때, 그 애의 빈자리는 영영 무엇으로도 채워질 수 없을 거란 걸 알았다.

계절마다 나무와 나뭇잎의 향기가 다르다는 걸 알려줄 사람 이젠 없구나, 계절의 향기로 안부를 주고받을 수 있는 사람도, 이젠 정말 없구나. 그런 대화가 다시는 내 일상에 스밀 일도 없겠구나. 계절이 바뀔 때마다 쓰다듬고 싶은 얼굴로 반갑게 '안녕' 인사해 줄 그 애가 없으니까.

당신의 봄은 좀 어떤가 싶어서

　실은, 묻고 싶은 게 많았어. 꼭 그렇게 도망치듯 떠나가야 했냐는 것부터 내가 당신에게 기댈 수 있는 사람은 절대 아니었냐는 것까지. 많이 미워했어. 오랜 시간을 알고 지낸 만큼 당신이 얼마나 힘들었으면 그랬을까 싶으면서도, 소중한 사람을 한순간 잃어버린 상실감에 당시에는 그럴 수밖에 없었던 것도 같아.

　지금은, 그냥 당신이 돌아와 줬으면 좋겠어. 아무 일도 없던 것처럼. 말없이 떠나간 그 날처럼 다시 그렇게 돌아와 줬으면 좋겠어. 아무것도 묻지 않을 테니, 아무렇지도 않게 당신에게서 장난 어린 문자가 왔으면 좋겠고, 용건 없는 전화 한 통이 걸려왔으면 좋겠어.

　일곱 번의 사계절을 함께였잖아. 그렇게 떠나가고 돌아온 봄에, 여름에, 가을에, 겨울에. 우리 추억이 묻어나는 곳을 지나칠 때면, 맛있는 음식을 먹을 때면, 오랜 습관처럼 내 생각이 났다고 해주라. 나도 네가 무척이나 그리웠다고 보고 싶다고, 소식만이라도 전해주라.

보고 싶어. 다 잊은 것처럼 잘 지내다가도, 당신이 못 견디게 그리워지는 날이 있어. 종종 써두었던 편지가 누구에게도 읽히지 못하고 쌓여만 가는 것이 오늘따라 왜 이리 서러운지 모르겠다.

닿을 수는 없겠지만, 나 오늘도 어딘가로 편지를 보내. 당신의 하루 끝에 닿기를, 당신의 새벽을 흔들어놓을 수 있기를 못내 바라며.

익숙한 곳에 걸음 하게 될 때마다
당신을 기다리게 되는 거다

　이 벽 따라 쭉 내려가면 두 갈래 길이 나오는데, 거기서 우회전을 해서 다시 한참 내려가면 큰 집이 한 채 있고, 집 왼편으로, 거긴 길이 하나밖에 없으니까 그 길 따라 오 분 정도 내려가면 차도가 나오고, 차도에서 다시 우회전, 그렇게 첫 번째 사거리에서 좌회전을 하면 큰 대로가 나와요. 대로에서 우회전을 해서 조금 가다 보면 혜화역이 있어요.

　'혜화역이 있어요.'

　그 말이 마치 당신이 거기에 있다는 말처럼 들려왔다. 혜화역에는 당신이 있다고. 미쳤지 싶다가도, 우연처럼 마주치지는 않을까 하는 마음이 슬그머니 고개를 내민다. 이런 기대 품으면 안 되는 사이라고 누구도 말해 주지 않았으니까. 당신도 모를 테니까.

　　나 가로등 아래에서 잠깐만 당신 생각을 하다 갈게.
길을 잃은 김에, 당신 생각 좀 하다 갈게. 두 갈래 길에
서 우회전을 하라 그랬는데 아무래도 잘못 온 것 같아.
모두가 잠든 골목에서 조금만 울다 갈게.

다짐만으로는 되지 않는 것들이 너무 많다

그런 거예요.
마지막으로 이번 한 번만,
딱 한 번만 더 봐야지. 하면서
꺼내 보게 되는 사진 한 장 같은 거.
이젠 정말 잊어야지. 하면서
손 닿을 곳에 눈 닿는 곳에 덮어두는 액자 같은 거.

시작도 못 해보고 접어야 하는 마음이
저 혼자 사랑을 하면 그래요.
어디서부터 어디까지가 미련인지,
어디서부터 어떻게 접어야 하는지,
어디서부터 얼마만큼의 마음을 놓아야 하는지.
다짐만으로는 되지 않는 것들이 너무 많아요.

잘 지내야만 했던 내가 어떤 마음이었을지,
너는 모를 것이다

너는 모를 것이다.

잘 지내야만 했던 내가 어떤 마음이었을지.

너에게 이만큼이나 소중한 사람이 되고 싶다던 내
가, 너 사라지더라도 아무것도 아닌 내가 되는 일은 없
어야 한다며 마음을 다잡고 또 다잡았을 때. 나를 피
하는 방법이 침묵만은 아니기를 바라고 또 바라며, 네
까마득한 뒤편에서 기다림에 파묻혀야 했을 때. 그런데
도 너의 날들이 찬란하기를 바랐을 때. 침대에 누울 때
면 사방으로 쏟아지는 눈물을 부둥키면서도 너를 미워
할 수 없었을 때. 너를 이해하려 말 같지도 않은 수많
은 이유를 끌어모으며 애썼을 때. 내가 이러기를 바란
적 없다며 돌아서던 너를 떠나보냈을 때.

너 참 애썼다며 나를 안쓰럽게 바라보는 사람들 앞에서 아쉽지 않은 척 한 번 못해보고, 다 잘된 일이라며 쓴웃음 한 번 지어보지도 못하고, 그런데도 이런 것쯤 아무렇지 않아 보이려 잘 지내야만 했던 내가 어떤 마음이었을지. 이미 다 아는 사람들 앞에서 너무 창피해 무너지지도 못하고 다 괜찮아야 했던 내가 어떤 기분이었을지.

　너는 모를 것이다.

그때, 그 시절 내 곁에 있어 줘서 고마웠어요

고맙다는 말을 전하고 싶어요.
간혹 당신의 습관이나 버릇 같은 게
불쑥 튀어나올 때면
아무렇지 않은 척
나인 것처럼 살아내야 하는 게 괴롭긴 하지만,
당신이 보여주는 세상이 좋았고
함께여서 기뻤고
건네 오는 손길엔 어디라도 이끌려 가고 싶을 만큼
당신을 좋아했다고.

다른 사람이었더라면 맞춰가고 싶었을 것들이,
당신이라서 밀어주고 믿어주고 손잡아주고 싶었다고.

그리움이라는 거 인화된 사진 뒤에 적어 놓은
날짜 같은 마음이지 않을까요

나는요, 슬픔과 그리움과 아픔을 이겨내려면 남은
감정들 바닥날 때까지 울어서라도 다 써버리라는 거
가끔은 이해할 수 없었어요. 그런 식으로 바닥 날 감정
이었다면 마치 엎질러진 물을 손바닥으로 쓸어 담듯
담을수록 흔적만 남기고, 쓸어낼수록 번져 드는 일은
없었겠죠.

누군갈 그리워한다는 거 인화된 사진 뒤에 적어 놓
은 날짜 같은 마음이라고 생각해요. 따뜻하고 애틋하
다는 얘기에요. 지워내고 싶다기보다는 어루만져보게
되고, 신경 쓰인다기보다는 가끔씩 들춰보게 되는 것.
그러니까, 당신이 가끔씩 그리워한다는 그런 사람들이
요, 잊지 못해 미련하게 추억하는 거랑은 다른 마음일
거라고요. 미련이라는 거 한때는 펴지지 않는 셔츠의

주름 같은 거라고 생각했는데. 그리움이 인화된 사진 뒤 날짜 같은 것이라면, 미련은 그 사진을 지갑 속에 넣어 다니는 것 아니겠어요.

　나도 그리운 사람들이 많아요. 아무도 모르는 마음 속 깊은 곳에 품고 살아가는 사람들이요. 조금 그리우면 어떻고, 그리워하면 또 어때요. 어차피 다 나의 이야기일 뿐이잖아요.

보고 싶을 것 같아요
돌아서면 금방 보고 싶어질 것 같아

보고 싶어질 것 같았어요.

말이 좀 이상하지.

보고 싶다는 것도 아니고.

혼자인 게 낯설어지면,

사람이 그리워지면,

빈자리의 온도가 식어가는 것을 느낄 즈음이면,

당신이 보고 싶어질 것 같다는 말이었어요.

외롭다고 느낄 때 사람 한 명 떠오르기 마련이잖아요.

그게 가족이 될 때도 있고, 친구가 될 때도 있는데,

난 그게 당신일 것 같다고요.

당신이 보고 싶을 것 같아요.

사랑한다 말하지 않아도 내뱉는 숨결마다
마치 긴 고백을 하고 있는 것 같았다

그 애를 생각할 때면 사계절의 향기가 뚜렷해졌다. 풀과 꽃향기가 섞인 봄 냄새가 나기도, 온통 초록뿐인 곳에 노란 햇빛이 드는 여름의 청량함이 느껴지는 것 같기도 했다. 선선한 가을 아래서 함께 걷는 것만으로도 사랑한단 말이 혀끝을 달게 만들었던 날들이 떠오르기도 했고, 빙판길을 비켜 걸으며 서로를 꼭 잡고 오뎅 탕을 먹으러 가던 겨울 저녁 공기가 살갗에 오르는 것 같기도 했다. 우리는 자주 아무렇게나 서로를 베고 누워 아무런 말들을 주고받았었는데, 이런 순간이면 사랑한다 말하지 않아도 내뱉는 숨결마다 마치 긴 고백을 하고 있는 것 같았다.

사방이 그리움뿐인 날에

　침대에서 몸을 일으키면 빨간 커튼이 하나 있어요.
찌뿌둥한 몸을 앞으로 일으켜 엉금엉금 두어 걸음 나
아가 팔을 뻗으면 차락, 차락, 차락, 세 번에 걸쳐 커튼
을 걷어내고, 푸른 나무들 사이로 작게 보이는 콘크리
트로 된 건물을 바라보는 거예요. 고개를 살짝 들면 온
통 나뭇잎들밖에는 보이지를 않는데, 가끔은 숲속에
들어와 있는 것도 같아요.

　신기해요. 매일 같은 풍경을 보는데, 매일 다른 사
람이 보고 싶거든요. 예쁜 풍경을 볼 때, 맛있는 음식
을 먹을 때, 때론 평범한 일상 속에서. 항상 마음 한 켠
에 떠오르는 사람이 있다는 건, 떠올릴 수 있는 사람이
있다는 건. 사람의 온기를 잃지 않고 외롭지 않게 살아
갈 수 있는 일이라고 생각했었어요. 그런데 이렇게 매

일 보고 싶은 사람들이 생기니까요, 같은 풍경을 보고도 얼마 전에는 내 절친이 그리웠다면, 어제는 자주 볼 수 없어 애틋해진 얼굴들이 떠올랐고, 오늘은 다시 당신이 보고 싶어지면은요,

마음이 말라가는 것 같아요.

마음이 기억하는 온기가 나를 더 외롭게 만들어서요. 마치 가질 수 없는 것에 욕심을 내는 기분이랄까요. 닿을 수 없는 사람들을 그리워한다는 게. 볼 수 없는 사람들을 보고 싶어 한다는 게.

그래서 자꾸만 편지를 쓰나 봐요. 한 자, 한 자, 꾹꾹 눌러서요.

그리움을 담아서, 당신에게
애틋함을 담아서, 안녕
사랑을 담아, 잘 지내나요
미련을 담아, 나는 잘 지내요
끝으로, 보고 싶어요. 그리고 잘 지내요.

낡은 콘크리트 벽을 바라보며 푸른 잎들을 하늘 삼아 떠오른 당신, 어디에서라도 잘 지내기를 기도해요. 난 그렇게 오늘도 하루를 견디며 살아요.

내가 너를 많이 좋아했어
지금도 많이 소중해 네가

날이 추워지면 네 생각이 많이 나.
옷을 아무리 여며도 몸까지 파고드는 찬바람에
마른 침이 씁쓸해질 때면
나도 모르게 네 걱정을 하나 봐, 여전히.

우린 서로가 아니었어도 많이 울었을 거야, 알고 있니.
내가 견디지 못했던 게
실은 네가 아닌 내 상처였다는 것도, 알고 있니.

날이 추워질 때마다
너를 붙잡는 간절함으로 바라게 돼.
누구의 잘못도 아니었다고.
가끔은 그렇게 흘러가 버려서
어쩔 수 없는 일이 돼 버리는 시간도 있는 거라고.
그러니 네가 다른 사람들의 입으로부터

전해 듣는 이야기에 상처받지 않았으면 좋겠다고.

내가 너를 많이 좋아했어. 알고 있지.
지금도 많이 소중해 네가. 알고 있니.

네가 더는 아프지 않기를 바라

외로움에 제법 익숙해져 손가락을 가만 꼽아보면 고작 이 년도 채 되지 않은 시간이라는 것을 알아. 홀로 맞는 두 번째 겨울이야. 그러니 재작년 이 시간쯤엔 이태원역 4번 출구나, 교대역 사거리, 잠수교, 예술의전당 같은 곳에 있었겠다. 여전히 그곳을 지나지 않는 것은 아니지만 전처럼 머물러 있을 일은 잘 없어.

겨울이면 여전히 김동률의 '오래된 노래'를 즐겨 들어. 좀처럼 변하질 않는 취향은 눈에 띄게 닳는 법도 없다. 벌써 이 년이나 흘렀다고 생각했지만 돌아보면 고작 몇 걸음 떨어져 있는 것이 천 일도 안 되는 시간이더라. 다잡지 않으면 나도 모르는 새에 쓸려가기 마련이라는 거야. 아직도 내 겨울엔, 네 생일엔, 마치 기념일을 세기라도 해야 될 것처럼 우리가 모든 처음으로

놓여있어.

　잘 지내지. 미안해. 세상은 변한 것이 없다. 네 작은
바람도, 절망에 받쳐 쏟아내던 내 간절함도. 무엇 하나
이루어진 것이 없지만 지금 이 시간에도 너를 무척이나
아끼는 사람들이 많이 있어. 더는 가까이서 바라줄 수
없지만 위로는 잊지 않을게. 네가 더는 아프지 않기를
바라.

보고 싶었어 그 애가,
그 해사한 미소가

　이상하지. 내가 오죽했음 매일 편지를 썼겠어. 할 말
이, 하고 싶은 얘기가 그렇게나 많았는데. 목소리를 어
떻게 내야 하는지 감도 안 왔어. 돌처럼 굳어서는 손가
락을 바들바들 떨더라고. 그 많던 말들이 한 날 꿈이
라도 된 것처럼 한 마디 꺼내려면 아득해지고, 다시 또
한 마디 꺼내려면 눈앞이 컴컴해졌어. 이런 내 속도 모
르고 그 애는 날 보더니 해사하게 웃는 거야. 파도가
부서질 때 번져 드는 노을빛처럼. 헤어진 그 날부터 매
일 기다리던 게 이런 순간이었을까 착각에 빠질 만큼
눈이 부셨어. 내심 바라고 있었나 봐. 다시 그 애를 사
랑해도 될 핑계 같은 순간이 오길. 누군들 알았겠어.
나도 다 잊었다고 생각했어. 서로 사랑하는 속도가 다
르다는 거, 나는 한껏 달아올랐는데 그 애는 진작 사랑
하고 이젠 다 식었다는 거. 도무지 받아들일 수가 없어

서 미련 하게 애정을 갈구하기도 했지만 그만큼 미워도 했어. 근데, 다 소용없는 일이더라고. 그 애만 빼놓고는 세상이 어떻게 흘러가고 있는지도 모르겠는데 자꾸만 보고 싶었단 말이 여기저기서 불쑥 튀어나오려 하는 거야. 어쩌면, 처음부터 보고 싶었단 말이 하고 싶었는 지도 모르지. 눈앞이 아득해져 가던 순간부터 보고 싶 었다는 말은 생각을 거치지도 않고 입술을 달싹거리게 만들었으니까.

정말 보고 싶었어, 그 애가. 그 해사한 미소가.

끌어안고 싶어지는 목소리가 있다

그 사람 목소리가 자국 자국 남아있어요.

나도 모르게 닮아버린 말투라든지,
기분이 좋을 때면 솔과 시 사이의 음정을 하고
내 이름을 불러줄 때면 미의 음정으로
나른하게 날아들던 목소리라든지,
얼굴을 가까이 맞대고
대화 나누던 숨결 같은 것으로요.

어떤 기억은
길을 걷다 계절의 바람으로 상기되는 것처럼,
목소리가 들려온다는 건 그런 건가 봐요.
목소리의 형태를 자꾸만 끌어안고 싶어져요.

두 번째
이 야 기

나는 여전히 당신을 생각해

많이 보고 싶어요.

미안해요. 손잡아주지 못해서.

네가 내게도 묻고 싶은 게 많아졌으면 좋겠다

그 애를 보고 있자면 묻고 싶어지는 게 많다.
이를테면,
왜 나는 너를 사랑하지 않을 거라고 생각해? 와 같은.

왜 너는 사랑 받지 못할 거라고 생각해.
나를 앞에 두고 왜 그런 생각을 해.
너를 사랑하는 나까지 불쌍해지게.
그 애는 듣지 못할 말들.
나를 사랑해주는 사람 아무도 없겠지 하는.

그 애의 목소리를 듣고 있자면,
여기 사랑하는 사람 있어요. 하고
손이라도 번쩍 들고 싶은 것이다.

그럴 때마다 실은 나도 비슷한 생각을 한다.
나를 사랑해주는 너는 절대 없겠지.
나는 너에게 사랑받을 수 없겠지.
네가 내게도 묻고 싶은 게 많아졌으면 좋겠다.

그때 손잡아줬더라면
지금 이 자리에 당신이 있었을까요

안녕, 여긴 어제 첫눈이 내렸어요. 알아요, 알아. 당신 눈 내리는 거 싫어했었죠. 별건 아니고, 겨울 소식을 알려주려고요. 나 이렇게 살아가고 있다고 안부 전해주러 왔어요.

2년 전 첫눈 내리던 날, 우리 같이 이태원역에 있었던 거 기억나요? 역을 빠져나오는데 때마침 눈이 내렸잖아요. 살다 살다 우리가 함께 첫눈을 다 맞는다던 당신 목소리가 지금도 들려오는 것만 같아요.

세상은 변한 것이 없고, 모든 건 그대로인데.
아직도 모르겠어요. 왜 당신만 없을까.

보고 싶어요. 지금도 거리를 걷다 호떡이 보이면 당신에게 사다 줘야겠다고 생각을 해요. 예쁜 카페가 보이면 당신을 꼭 데려와야겠다며 위치를 남겨 두고, 맛

있는 음식을 먹다 당신이 좋아할 거 같다며 '한 봉지만 싸 가야지.' 버릇처럼 그래요. 보라색 옷이 보이면 사진을 찍어 남겨 두고, 귀여운 캐릭터 볼펜이 보이면 당신이 좋아할 만한 걸 고른다는 게 어느새 내 손에는 볼펜이 한가득 이에요. 꽃이 보이면 선물해 주고 싶고, 핫팩이 보이면 당신 것까지 하나 더 사게 되고, 아이스 아메리카노를 마시려다가도 당신 생각에 따뜻한 걸 시켜요 나는. 얼마 전에는요, 우리 자주 가던 식당 아주머니께서 나더러 왜 혼자 왔냐고 물으시는 거 있죠. 그래서 당신 어디 멀리 갔다고, 나 요즘 혼자 다닌다며 웃고 말았어요.

나 사실 잘 모르겠어요. 잘 살고 있는 건지, 이렇게 사는 게 맞는 건지. 당신을 잊고 싶지는 않은데, 이대로는 도무지 견디질 못하겠어서요. 당신 목소리가 듣고 싶을 땐 어떻게 해야 하는지, 가득 안고 싶어질 땐 또 어찌해야 하는지. 사계절이 다 지나도록 모르겠어요. 사람들은 나더러 잘 버텨낸다고 하는데, 내가 보기에는요, 이건 버티는 것도 사는 것도 아니에요.

많이 보고 싶어요. 미안해요. 손잡아주지 못해서.

너를 꺼내지 않고서는
도무지 설명할 수 없는 날들이 있다

    너를 꺼내지 않고서는 도무지 설명할 수 없는 날들을 마주할 때면 우리가 얼마나 오랜 시간을 함께해왔는지, 얼마나 많은 네 흔적이 내 삶의 곳곳에 묻어나는지 새삼 느끼게 된달까. 사랑한 만큼 이별에도 시간이 걸린다는 말, 가끔은 이해가 돼. 믿고 싶지는 않은데, 그러지 않았으면 좋겠는데. 이제 막 사계절을 홀로 살아내 보니까 시간이 흐른 것도 흐르지 않은 것도 아니라는 생각이 들어. 고작 몇 걸음 멀어진 기분이랄까.

    사람들을 만날 때면 왜 그렇게 옛날애기를 하게 되는지 모르겠는데, 그럴 때마다 몇 발자국 돌아서면 여전히 네가 있고 그래. 우리 함께였던 시간에 비하면 턱없이 부족한 날들을 살아냈기에, 너를 꺼내지 않고서는 도무지 설명할 수 없는 날들을 마주하게 되는 거 어

쩔 수 없는 일인 거야. 몇 계절 더 지나면 괜찮아질지
도 모르겠어, 그치. 그 긴 시간만큼은 아니어도 반만큼
살아내면 너를 꺼내지 않고도 설명할 수 있는 날들 내
게도 있겠지.

나쁜 버릇이다.
본래 사람을 좋아하는데,
마음이 약해지면 선악을 구별하지 못하고
덜컥 기대어 버리는 성질이 있다.
내 사람 앞에서라면
풀썩 주저앉는 일에도 망설임이 없다.
몇 번 데인 후로는 제아무리 위태로워도
바짝 붙들고 살아가려 하는데,

이번엔 당신이다.
다를 것이라 믿고 싶은 마음이
결코 기적을 가져다주진 않는다는 걸 잘 알고 있지만,
당신이 여기에 있다.
덥석 손을 잡아버리기 전에
당신은 좋은 사람이냐고 묻고 싶다.
내겐 좋은 사람이지만,
당신이 누구인지 난 여전히 입을 뗄 수가 없다.

익숙한 숫자 앞에
우뚝 멈춰 설 수밖에 없다는 것

내일 토요일이에요. 알고 있었다는 눈치네. 목 빠지
게 기다리던 주말이라 알고 있는 거죠? 난 아까 문득,
알았어요. 정말 문득. 요일이나 날짜 같은 거 잊고 사
는 사람한테는 엄청 새삼스러운 일이에요, 이런 거. 근
래에 들어 약속이 많은 탓일 거예요. 내 기억이 정확
하다면, 나는 이 주가 되는 시간 동안 하루도 빠짐없
이 사람들을 만났어요. 오늘은 친한 친구가 점심을 먹
으러 우리 동네에 오기로 했고, 내일은 고등학교 친구
들을 만나러 판교까지 가야 해요. 매일이 똑같은 하루
의 반복일 때는 날짜를 세는 것도, 평일과 주말의 경계
조차 없는 요일을 따지는 것도 전부 무의미하기만 했는
데. 매번 다른 사람과의 약속이 차례대로 잡혀 있는 날
들을 사니 날짜나 요일 같은 거 모르고 살고 싶어도 알
수밖에 없더라고요.

내일은 4월 8일이잖아요. 사실 아침부터 생각하고 싶지 않은 게 있어서 딴생각을 해보려 무진장 애를 썼는데, 그럴수록 더 선명하게 떠오르는 거 있죠. 오 일 뒤에 그 사람 생일이에요. 내일은 무려 십 주년이기도 하고. 일어나지 않을 일들에 슬프기만 한 날들이 되겠죠. 그 사람만 없는 우리의 기념일과 전해줄 수 없는 말들만 한 보따리 가득 남게 될 그 사람의 생일.

영원했다 영원하지 않았다 영영 사라져버릴 것
같았다

　세상에 영원한 건 없다는 말, 내가 그것을 믿는지 믿
지 않는지는 알 수 없다. 세상에 영원한 건 없다잖아
요. 라며 체념한 듯 말할 때마다 믿고, 그 안에서도 영
원한 것 하나쯤은 있지 않겠냐며 내게 위안을 줄 수 있
을 만큼 믿지 않는다. 그래서 당신은 내게 때로 영원했
다가 영원하지 않았는데, 오늘처럼 내 보물 상자와도
같은 기억 속에서 마저 영영 사라져버릴 것 같은 날이
면, 이젠 놓아야 한다는 것을 알면서도 열댓 번의 계절
이 문드러져야 했던 사랑도 나의 영원은 될 수 없음을
받아들일 수가 없겠는 거다. 고작 어느 봄날의 노란 원
피스와 열일곱 여름밤의 단내, 비 오는 날 발맞춰 미끄
러져 걷던 검은 아스팔트와 뜨끈한 온돌 위에 엎드려
오순도순 수다 떨던 추억이 사라지지 않기만을 바랐을
뿐인데.

정작 간직하고 싶은 것들은 묽게 흘러내렸다. 없던 일이었으면 하고 바랐다. 지워내고 싶은 것들은 골목길 가로등 아래 그림자이거나, 때아닌 소나기였다.

어떤 이별

순간에게서 한 걸음 멀어졌을 땐
좋았던 것들만 떠올랐고,
두 걸음 멀어졌을 땐 후회만 가득했다.
다시 세 걸음 멀어지면 그리움에 잠겨 들었고,
네 걸음 멀어지면 끝을 알 수 없는 무언가에
죽도록 공허했다.
다섯 걸음엔 다시 좋았던 것들이,
여섯 걸음엔 또 다른 후회가,
일곱 걸음엔 잠겨 죽을 그리움이,
여덟 걸음엔 세상의 모든 공허 속에서
추락하는 것만 같았다.
분노는 종종 있었다.
걸음마다 밟히는 모래나
그사이에 작은 자갈들 같은 것이었다.
슬픔은 언제나였다.
밤낮없이 주변을 둘러싼 모든 것과 함께 울었다.

요즘엔 당신을 잘 모른다
잘된 일인지는 모르겠지만

  같은 하늘 아래 있었다면 오늘 비가 내렸었다는 거 알고 있을 거예요. 몇 번씩이나 비가 내렸어요. 사실 내리지 않은 비가 더 많은 것 같은데 땅은 종일 젖어있더라고요. 나 오늘 점심쯤 지하철역을 향하는데 소나기가 내리길래요, 우산도 없었던 탓에 그냥 맞아버렸어요. 한 시간 후쯤 역에서 나와 카페로 향하는 길에는 다행히 한두 방울씩 떨어지길래 빠른 걸음으로 피해 걸었고요, 저녁 무렵에도, 여덟아홉 시가 돼 가던 시간에도, 비가 내렸던 촉촉한 땅을 밟으며 집에 돌아왔어요.

  나 어렸을 적엔 장화를 그렇게 좋아했대요. 거기에 무지개 우산까지. 우비는 한 번 입어보고 그 후로는 좋아하지 않았어요. 옷이 안 젖는 건 신기했는데 왠지 모를 찝찝함이 있었다 해야 할까요. 나 초등학교 때 우리 할머니가 하도 병아리 병아리 그래서요, 노란 우산에 노란 장화를 신고 다녔어요. 사실 검은 우산을 더 좋아 했지만요. 그래도 친구들 사이에서 알록달록 내 우산 노란색인 거 보면은요 또 내심 좋기도 했었어요.

그냥 문득 어릴 적 생각이 나서요. 혹시나 이따가 라도 비를 맞을까 봐 우산 하나 사려는데 노란 우산은 없고 죄다 비닐우산뿐이더라고요. 조금 더 튼튼한 걸 사자니 워낙에 우산을 잘 안 들고 다녀서 이런 식으로 생긴 우산이 집에 좀 많아야지요. 당신도 그랬잖아요. 오죽했음 우리 가는 곳마다 우산 하나씩 두고 다녔을 까요. 급하게 산 우산이 유아용 우산이었는지 혼자 쓰 기에도 작았던 기억이 나요. 그걸 꼭 둘이 쓰겠다고 얼 굴만 겨우 젖지 않게 가린 채 빗속을 바삐 뛰었었는데.

혹시 비 오는 거 싫어해요? 싫어하는 줄로 알았는 데, 전에 내가 비 와서 좋지 않느냐고 물어봤을 때 고 개 끄덕이던 게 떠올라서요. 괜히 생각했나 봐요. 오늘 도 한 걸음 더 멀어져가는 기분이야. 다 안다고 생각했 는데, 갈수록 모르는 것투성이에요. 안다고 생각했던 것들 자세히 따져보면 늘 이랬다저랬다 했어요. 나는 당신을 잘 몰라요. 요즘은 보고 싶다가도 낯선 기분이 들 때가 있어요. 이젠 정말 모르는 사람, 잘 모르겠는 사람, 그런 기분이 들어요. 많이 낯설어진 것 같아요. 잘된 일인지는 모르겠지만.

사진을 지우러 들어갔다가 한 시간이고
두 시간이고 띄워두게 되는 얼굴이 있다

사진은 멈추어버린 시간을
눈앞에 데려다 놓는 힘이 있다.
잠시 그날로 돌아간 것 같은 느낌을 주는 것이나
그때의 감정이 꿈틀거리는 것을 보면 그렇다.

사진을 지우러 들어갔다가 한 시간이고 두 시간이고
띄워두게 되는 얼굴이 있는데,
그런 날이면 마음이 꼭 갈피를 잡지 못해 괴롭다.

아직도 남아있는 감정인지,
잠시 그리워했을 뿐인지 알 길이 없어 그렇다.
어느 쪽이 되었든 반갑진 않다는 결론이 선다.
그쪽에선 나를 잊어도 한참 전에 잊었단 사실
부정할 수 없는 탓이다.

비겁하게 좋은 사람

　맞지 않는 사람과는 만나지 않으면 된다는 말이 말처럼 쉽진 않잖아요. 이미 겉 테두리가 형성된 관계를 어떻게 단번에 끊어낼 수 있겠어요. 신기할 일이죠. 어떤 사람과는 삼 년을 알고 지내도 이렇다 할 관계라는 게 형성이 되질 않는데 어떤 사람은 첫 만남에서부터 '우리'라는 말에 거리낌이 없고, 또 어떤 사람은 '우리'라는 이름이 든든한 믿음이고 버팀목인데 어떤 사람과는 보이지 않는 족쇄 같은 것이 되기도 하고. 그런 거랑 비슷한 거 같아요. 자주 봐도 어색한 사람이 있고, 몇 년 만에 만나도 매일 본 것처럼 친근한 사람이 있고.

　천천히 거리를 두면 된다고 들었어요. 그것도 쉬운 일은 아니겠지만. 애초에 나랑 맞지 않는다는 이유로 누군가를 밀어내는 일에 거부감이 드는 게 아닐까 싶어요. 차라리 당신이 나쁜 사람이었더라면, 하고 바라본 적 있지 않아요? 근데 그거 내가 나쁜 사람이 되기는 싫으니까 그런 거잖아요. 상처 주기는 싫고, 자연스럽게 멀어졌으면 좋겠고. 그래서 아주 나쁘지도 좋지도 않은 사이로. 서로 악감정은 없는데 어쩌다 멀어져서 조금 어색하긴 하지만, 만나면 반갑게 인사는 주고받는 사이가 딱 적당하겠다고 생각하죠.

애매한 태도는 시간만 늦출 뿐이라는 걸 누가 모르겠어요. 이미 되돌리기엔 늦었다는 것도 알아요. 무어라 부를 수 있는 관계가 형성됐을 때부터 늦었던 거예요. 그런데도 끝까지 비겁하게 좋은 사람으로 남겠다고 겉돌 듯이 굴고 한 발짝 떨어져 친근하게 굴어요. 누구에게나 좋은 사람일 수도 없고, 사람 좀 미워할 수도 있는 일이라지만, 누구에게나 좋은 사람일 수 없다는 말이 내가 누군가에게 나쁜 사람이어도 된다는 말이 아니고, 사람 좀 미워할 수도 있다는 게 내 행동을 합리화할 수는 없는 거니까.

모르겠어요. 눈 딱 한 번만 감고 나쁜 사람 할까, 싶다가도 이게 무슨 짓일까 싶고. 참 사람 상처받을 거 알면서도 그렇게 군다는 게. 탈 없이 흘러가고 내가 당

신을 미워하지 않았으면, 하고 바라요. 우리 중에 나쁜
사람은 도저히 못 하겠다 이거지. 난 그냥 비겁하게 좋
은 사람이고 싶은 거예요.

그리워한다는 거 어쩌면 흔적을 부둥키는 일이
아니라 남겨두고 싶은 마음일지도 모르겠어

안녕. 여긴 새벽 두 시가 다 되어 가. 자고 싶은 마음
과는 달리 잠이 오질 않아 뜬 눈으로 세 시간째 침대에
누워 있는 중이야. 응. 불면증. 그거 아직 다 안 나았어.
고약하기도 하지. 나 마치 미라처럼 옴짝 않고 누워있
던 자세에 몸이 뻐근해져서 말이야, 잠시 옆으로 돌아
누웠어. 가끔 빛줄기가 스치던 하얀 천장보다는 손 뻗
으면 닿을 거리에서부터 저 멀리까지 시선 둘 곳이 많
아. 눈길엔 갈색빛 의자가 있고, 그 등받이에는 잘 개어
져 걸려있는 회색 카디건이 한 벌 있어. 뒤로는 책장이
보이는데, 돌아와 오늘은 카디건에 시선을 멈추어 보기
로 해.

눈에 보이는 것이라면 뭐든 들여다보는 일 당신 버
릇이었지 아마. 그걸 쏙 빼닮아버린 나는 요즘 새로운
취미가 생겼어. 꽃의 꽃잎을 한 장 두 장 세어 본다든

지, 나뭇잎의 잎맥을 따라 사다리 타기를 해본다든지, 빛에 반사됨에 따라 밝고 어두워지는 연필심으로 그림 자놀이를 한다든지, 구름이 지나가는 속도를 가늠해본 다든지, 개어 놓은 옷의 포개어져 있는 곳 주름을 잡아 당겨본다든지, 보도블록 틈새의 이끼가 번져나가는 곳을 따라 한 걸음 떼어본다든지.

맞아. 다 쓸데없는 짓이지. 당신이 꽃을 들여다보는 건 향을 가까이서 맡고 싶어서였거나, 꽃잎의 색깔이 아름다워서였다는 것을 알아. 나뭇잎을 매만지는 손은 반짝이는 느낌을 알고 싶어서였고, 연필심을 들여다보 는 것은 어디 뭉툭한 곳 없이 잘 깎였나 확인하기 위해 서였다는 것도 알아. 보도블록을 보는 것이 아니라 신 발 앞창에 묻은 때를 보려던 거였고, 옷의 주름은 조금 틀어진 모양새가 마음에 들지 않아서였고, 구름보다는 하늘을 보던 당신이었잖아.

눈에 보이는 것이라면 뭐든 들여다보는 일, 그만큼 당신이 꼼꼼한 사람이었다는 거겠지. 작은 것에도 관심 을 갖는다는 말이었겠지, 아마.

난 당신처럼 꼼꼼하지를 못해서, 매사에 덜렁거리고

세세한 것에는 금방 흥미를 잃어버리는 그런 사람이야. 당신의 시선을 따라가다 습관처럼 배어버린 행동들이 튀어나올 때면 난 뭘 어떻게 해야 할지를 모르겠어. 그래서 이런 이상한 취미가 생겼어.

하염없이 시간을 보내. 화병에 꽂혀 있는 꽃은 작약이야. 활짝 피어서 한 장 두 장 세고 있으면 시간이 금방 가. 보도블록의 이끼가 피어난 방향을 따라 한 발짝 내딛다, 구름이 이동하는 속도를 생각하다 보면, 삼십 분 만에 끝나버리던 산책을 한 시간도 넘게 하고 올 수가 있어. 의사 선생님께서 나더러 밖에 좀 나가 햇빛도 쐬고 바람도 쐬고 그러라 하셨는데, 어쩌다 보니 잘하게 되었지 뭐야. 개어놓은 옷의 주름진 부분을 잡아당기고 있으면 이내 다시 바로 개게 돼. 요즘 내 옷장은 깔끔하고 정갈하고 그래. 마치 당신의 옷장처럼 말이야.

당신아, 나 가끔은 잊어도 잊은 것 같지가 않다고 생각을 해. 그리워한다는 거 어쩌면 흔적을 부둥키는 일이 아니라 남겨두고 싶은 마음일지도 모르겠어.

보고 싶다는 얘기야.

말 한마디에 남이 되는 것처럼

관계라는 게 그래요.

수만의 다정한 말이 오갔어도
날 선 말 한마디면
남이 되는 것은 한순간에 불과하고,
함께 수천의 꽃을 피워냈다고 한들
한쪽에서 물을 주지 않는 순간
그 꽃들은 모두 시들어버리고 말아요.

그러니 우리
오갔던 수만의 말과 표정과 행동들이
전부 진심이었다면,
아프고 허무하고 허탈한 것이 맞는 거겠죠.

이 봄이 지나면, 당신을 놓을게요
그땐 우리 정말로 이별을 하는 거예요

난 한참 시간이 흘러도 그 사람을 남이라 부를 자신이 없어요. 그 사람은 뭐라고 대답할까요, 사람들이 나에 대해 물어 온다면은요. 솔직히 난 지금도 그 사람을 친했던 사람이라고조차 말을 못 해요. 나중에는 할 수 있을까요. 한때 잘 알았던 사람이라고는요. 그러다 추억이 와르르 쏟아져 나오기라도 하면 어쩌죠.

돌아가고 싶어요, 그때로. 헤어진 이유를 너무 잘 알아서, 수백 번을 돌이킨대도 이별을 막을 수는 없겠지만. 그래도 할 수만 있다면 돌아가고 싶어요. 사계절이 그렇게 뚜렷했던 적이 없었어요. 그래서 더 잊지 못하는 것도 같아요. 봄, 여름, 가을, 겨울. 계절마다 떠오르는 한 사람의 표정이나 특유의 말버릇과 행동이 있다는 게 얼마나 행복한 일인지, 살아있음을 느끼게 해주

는지 알고 있다면 아마 당신도 나와 같은 선택을 할 거
예요.

이 봄이 지나면 이제 그만 놓으려 해요. 그땐 정말로
이별을 하는 거예요. 많이 아팠으니까. 내 일곱 번의 사
계절이 되어준 그 사람에게 고맙다는 말을 전하고 싶
어요. 이제 그만 좋은 기억으로 남기고, 포근한 추억으
로 인사하려 해요.

당신이 너무 잘 지내지는 않았으면 좋겠다

여태 당신이 잘 지내기만을 바라왔는데 오늘은 진짜 밉더라. 괜히 그렇더라, 마음이. 당신이 잘 못 지낼 줄 알았나 봐. 나만큼은 아니어도 아파할 줄 알았나 봐. 나처럼 오래는 아니어도 기다릴 줄 알았나 봐. 그래서 당신이 잘 지내기를 바랐어. 겪어보니까 도저히 견딜 수가 없길래. 당신은 아프지 않기를 바랐거든. 행복하기를 바랐어. 내가 당신을 잘 몰랐던 걸까. 아님 나는 당신에게 조금 특별할 것이라고 여겼던 탓이었을까. 그치. 나는 조금 다를 줄 알았지.

미안해. 당신이 너무 잘 지내지는 않았으면 좋겠어. 아주 괜찮지는 않았으면 해. 당신 모르게 배어버린 내 말투나 습관들 같은 거, 떠올리고 싶지 않아도 속에서부터 울렁여오는 날씨의 냄새라든지, 추억과 닮아있는 것들에 숨이 막혀오는 기분을 알아줬으면 좋겠어. 아무렇지도 않게 당신의 익숙하고도 먼 시간의 것들처럼 여기지 말아줬으면 좋겠어. 차라리 나보다 더 힘들었던 거였으면 좋겠어. 그거 다 견뎌내고 이렇게 잘 지내고 있던 거였으면 좋겠어. 꿈에 나와주기를 바라다가도, 새벽에 당신을 마주한 날이면 이별한 다음 날에서 하루를 맞이하는 것 같았던 기분을, 당신은 알까. 무심코 튀어나온 행동에 마치 나를 보는 듯해 무너져내렸던 날, 있었을까. 취향이 아닌 것에 손이 먼저 가길래 보면 꼭 당신이었던. 당신도 알까, 그런 날들을.

나만큼은 아니어도 조금만 아파해 주라. 나처럼 울지는 않더라도 코끝이 시큰거려올 정도의 슬픔은 알아주라. 나 좀 그리워해 주라. 그 많은 추억이 어떻게 아무렇지도 않을 수가 있겠어. 어떻게 한순간 지워낼 수가 있겠어.

나만큼은 아니어도, 보고 싶어 해주라.

네 생각을 했나 봐,
네가 보고 싶었나 봐

　모른 척했지만 꿈에까지 날아드는 것을 보면 많이 좋아하는 것 같아. 전에도 몇 번 말한 적 있지만, 이른 아침에 눈을 떠밀린 연락이나 어젯밤 보다 만 동영상 같은 것을 보고 다시 잠에 드는 날이면 비몽사몽 한 정신에 본 무언가가 나타나는 짤막한 꿈 한가지씩을 꼭 꾸게 되는 거야.

　그 잠깐의 새벽 동안 네 생각을 했나 봐, 내가. 일어나자마자 네 생각이 났나 봐. 네가 보고 싶었나 봐. 꿈 속에선 오늘처럼 비가 많이 내렸어. 어딜 가는 길이었는지, 우산을 펴고 버스에서 내리는데 문득 네 생각이 났어. 네가 슬프다고 했나 봐. 나 자꾸만 네 걱정을 했거든. 오늘 같은 날엔 안아주고 싶다며 말이야. 있지, 언젠가는 나도 편하게 오늘 밤 꿈에 네가 나왔다고 말

할 수 있을까. 잠에서 깨어나자마자 보고 싶었다며 네
목소리를 들을 수 있을까.

함부로 다 안다고 말할 수 없었어
여전히 위로하는 법을 몰라서

　내가 함부로 다 안다고 말하지 못하는 까닭은, 나
역시 겪어 본 감정이었다고 말해 놓고선 정작 먼저 알
아준 적 한번 없었기 때문이에요. 힘들다고 말하는 게
얼마나 어려운 일인지 알면서도 당신이 먼저 말해주기
를 기다리고 있었어요. 힘들 땐 힘들다고 말해도 괜찮
다는 위로가 쉽지 말을 꺼내놓지 못하는 데에는 단순
히 어렵다는 이유만이 전부가 아니라는 사실을 잘 알
고 있다고 생각했는데. 겪어봐서 다 안다는 말, 쉽게
안 하게 되는 것 같아요. 겪어봤음에도 불구하고 알아
주지 못하는 것들이 너무 많아서요. 내가 사람들한테
바랐던 거, 나도 똑같이 못 해주고 안 해주고 있더라고
요. 이제라도 알았으니 됐지 싶을 땐 늘 늦은 뒤였어요.
잘 지내냐는 안부는 잘만 물으면서 힘든 일은 없냐고
더 섬세하게는 왜 한 번 물어봐 주지를 못했을까요.

울게 되진 않느냐며 물어오던 사람이 있었는데 오늘
따라 그 사람 생각이 많이 나네요. 나도 그렇게 한 번
물어봐 줄걸 그랬어요. 요즘 울게 되지는 않느냐고.

비가 오는 날이면 생각하고 싶은 얼굴
하나쯤은 다 안고 살아가는 거 아니겠어요

　이런 날씨에 혼자 울고 있으면, 누가 봐도 헤어진 사
람 같을까요. 있죠, 비만 오면 왜 그렇게 우울해지는지
모르겠어요. 마음은 가득 무거워져선 꾹꾹 눌러 담아
뒀던 감정들까지 떠오르게 하질 않나, 쏟아질 것처럼
위태롭게 굴지를 않나. 빗소리에 울고 싶어질 수도 있
는 거죠? 원래 비 내리는 날이면 괜히 다 그립고 그런
거잖아요. 비가 와서, 그 사람 생각이 난 거예요. 다 핑
계일 뿐이라는 거 아는데, 종종 비가 오는 날이면 그
얼굴이 보고 싶다고 날씨나 사물에 의미를 부여하는
일을 멈출 수가 없어요.

　왜 유독 그 사람만 잊지 못할까요, 나는. 잊고자 하
는 노력에서 비롯된 생각은 아니에요. 그냥, 왜 하필 그
사람일까 싶어서요. 이전에도 그 후에도 크고 작은 이

별을 여럿 겪었는데 이상하리만큼 그 사람만 생에 처음이자 마지막 이별이라도 되는 듯 잊히지가 않아요.

한때는 자책했어요. 내가 놓친 거라고, 내가 떠나가게 만들었다고. 그러다 어느 날엔 실컷 원망도 했고요. 말도 없이 사라져버린 사람, 우리가 인사 한마디 없이 끊어낼 수 있는 가벼운 관계에 그쳤을 거라는 것에 너무 화가 나서요.

언젠지도 모를 헤어진 날에요, 그 사람 애정 하던 마음이 소리 없이 와장창 깨지는 것만 같았어요. 자그마치 6년이란 시간이 붕 떠버린 거예요.

기다렸어요. 말없이 떠난 모습에 화가 치밀어 오르다가도 그것이 희망이 되어 주리라 믿었거든요. 인사 없이 떠날 사람이 아니라면서, 인사가 없었으니 꼭 돌아오겠지 하면서. 아닐 것을 알면서도 기다리고 또 기다렸어요.

원망 같은 건 오래 가질 못했어요. 몹시도 사랑한 탓이라고 할게요. 왜 자꾸 고마운 것들만 생각나던지. 함부로 미워할 수도 없게.

오늘만 보고 싶어 할 거예요. 비가 오니까. 울어도

괜찮겠다고 생각했어요. 빗소리에 묻혀버릴 테니까, 내 마음 아무도 몰라주는 것 같지 않잖아요. 초라하지 않잖아.

이젠 없는 사람들

그러니까, 요즘엔 자꾸만 이젠 없는 사람들 얘기를 하게 되는 겁니다. 나 예전에, 라는 말로 내 얘기를 시작하는 듯하다가도 뜻하지 않게, 그림 잘 그린다던 그 친구가, 왜 나랑 방같이 쓰던 그 사람이, 일 년에 두 번 얼굴 본다던 걔가, 라며 누군가를 얘기하고 있습니다. 말 그대로 그 사람 얘기를 합니다. 그 친구는 라테를 좋아했고, 공포 영화를 즐겨 봤거든. 여름만 되면 후식은 빙수를 먹어야 했고, 일 년마다 꼭 한 번씩은 이 고깃집에 왔었지. 걔랑 그 무더위 속에서도 교대역에서부터 고속터미널역까지 걸어갔었다는 거 아냐. 그때가 저녁 여덟 시쯤이었는데 걔네 집은 춘천이었어. 강아지 한 마리를 키운댔어. 고양이는 싫대. 아, 그 사람은 고양이를 좋아했는데 나중에 혼자 살게 되면 꼭 키우고 싶대. 맨날 내가 같이 살자고 그랬었다? 사실 그

렇게 말한 사람이 한둘은 아냐. 우리도 방금 얘기했잖
아, 같이 살자고.

　그렇게 한참 없는 사람들 얘기를 쏟아내고 나면 꽤
나 쓸쓸해집니다. 그리움이 낳은 괴로움에 사무치던
날이 죽기보다도 싫었는데, 공허 속에 쓸쓸히 살아가
는 날들도 달갑지만은 않습니다.

끝까지 나만 아쉬운 관계였어요
내가 더 좋아했으니까

나 정말 SNS도 끊고 없는 사람처럼 그렇게 지냈어
요. 한 달쯤 지나면 그 사람이 나 보고 싶어 해 줄 줄
알고 연락 안 하고는 하루도 못 버티겠는 거 오기로
참았어요. 못해도 일주일은 지나야 내 부재가 보이기
시작하겠지, 이 주쯤 지나면 문득문득 내 생각나겠지,
삼 주째엔 자존심에 참겠고, 한 달 정도 되면 나 안
보고는 도저히 못 살 만큼 보고 싶겠지. 내가 그랬으
니까.

이별에 더 슬프고 덜 슬프고, 누가 더 아프고 덜 아
프고 그런 거 없다고 생각했거든요. 나만큼 아프겠지
나만큼 슬프겠지 싶었어요. 그래서 그 사람 밉다가도
가끔은 안쓰럽고 많이 울까 걱정도 됐는데. 정말 남인
거죠, 이젠.

나만 이러는 거 같아요. 유독 나만 더 놓지 못하는 것 같아. 다신 없을 것처럼 사랑하고 잃어버려선 안 될 사람들처럼 소중히 여겼는데, 어떻게 한 번 돌아보지 않고 가버릴 수가 있냐고요. 더 좋아한 사람이 미련도 없다는 말 순 다 거짓말이에요. 내가 더 좋아했어요. 늘 내가 더 아쉬웠는데, 지금도 봐요. 끝까지 나만 아쉬운 관계잖아요.

고맙다는 말을 더 많이 해줄걸

아무리 이별이 아프대도 어떻게 당신을 사랑한 시간을 후회하겠어. 더 사랑해주지 못한 날들을 후회하는 거지. 아무리 당신이 잊히지 않는 대도, 내가 어떻게 당신을 알게 된 순간을 지우고 싶겠어. 그 순간이 있었기에 당신이 내 한 시절의 전부일 수 있었잖아.

당신을 알게 되어 기뻤어. 곁에 머물 수 있음에 고마웠고, 사랑할 수 있음에 행복했어. 단 한 번도 당신과 함께였던 순간들을 후회한 적은 없었어. 앞으로도 그러겠지.

당신을 떠올릴 때면 어느 봄날의 햇살이 부서지는 듯 기억 한편이 찬란하겠고, 목소리를 떠올릴 때면 마음 한 켠이 몽글거리겠다. 사랑이 하고 싶겠고, 당연하게 당신이 생각나겠지.

보고 싶다.

고맙다는 말을 더 많이 해줄걸.

잘 못 지내, 한마디 하고 싶었다고

그 애는 날 볼 때마다 잘 지내냐고 물어왔는데, 나
는 그때마다 잘 지낸다고 대답했어요. 누가 봐도 그렇
지 않은 날에서조차 말이에요. 내가 솔직하지 못한 탓
일 거예요. 아님 버릇처럼 잘 지낸다는 말을 달고 사는
탓이거나. 잘 지내냐 물어오면 생각도 않고 잘 지낸다
고 답하거든요. 생각은 나중에요. 돌아서면 그제야 나
잘 지내나 생각해 보는 거예요. 그럼 열에 아홉은 잘
지낸다는 결론에 도달하지 못하니까 잘 지낸다는 말,
그냥 입버릇인 거죠.

솔직히 말해서 잘 지내냐는 물음에 잘 지낸다고 답
하고 정말 잘 지내는 사람 몇이나 되겠어요, 그죠. 질문
하는 사람도 똑같아. 정말 잘 지내는지 별일은 없는지
걱정돼서 묻는 사람 몇이나 있겠냐구요. 잘 못 지낸다

는 대답이 망쳐 놓을 것들을 생각해요. 미묘하게 바뀔 주변 공기라든지, 대화의 흐름 또는 분위기라든지, 불편함이 스밀 것들. 무슨 일 있냐고 물어올 때나 할 소리잖아요. 그러니까 아주 친하지 않고서는 함부로 내어 놓을 수 없는 대답이라는 거예요.

잘 지내냐는 형식적인 인사 같은 말을 많이 듣는 날이면 너무 피곤하단 얘기가 하고 싶었어요. 마음에도 없는 잘 지낸다는 소리 하느라 나 무척 힘들었다고. 잘 못 지내요, 한마디 하고 싶었다고. 나 잘 못 지내는 거 알죠. 무슨 일 있냐고는 묻지 않아 줘도 괜찮아요. 알 겠지만, 그러려고 한 말 아니니까.

그런 사람이고 싶었어

나는 너의 불행까지도 안아줄 수 있었어.
그 어떤 모난 것도 다 안아주고 싶었으니까.

네가 어떤 생을 살아가든,
네게 무슨 일이 일어나고
네가 어떻게 변해가든.
난 단지 너라는 사람이 좋았던 거야.
그래서 나는 다 괜찮았어.
너에겐 숨길 것 하나가 없었고,
네 앞에만 서면 창피할 것도 없었어.
너를 만나 내 삶이 안쓰럽지가 않았어.
너는 내게 그런 사람이었어.

적어도 난,
네게 그런 사람일 줄 알았어.

외로운 게 죽기보다도 싫은 날이었다

외로운 게 죽기보다도 싫은 날이었다. 자려고 누웠는데 사무치는 외로움에 잠이 달아나버렸다. 우리가 서로의 일상을 더 편히 물을 수 있는 사이였다면 좋지 않았을까 싶다. 아님 작은 안부라도. 그래서 나 너무 힘들다 말은 못 해도, 이런 일 저런 일 있었다고 혼자 묵묵히 삼켜내지만 말고 꺼내놓을 수 있었다면 얼마나 좋았을까, 미련 비슷한 생각을 해본다. 기다리는 연락이 있어서 외로운 건지, 기다릴 연락도 없어서 외로운 건지, 밤새 생각하다 아플 일도 없었으면.

외로운 게 죽기보다도 싫은 날이었다. 뻥 뚫린 마음에 어째서 별보다 더 무거운 외로움이 고여 가는지, 공허한 마음은 어째서 바다보다 더 큰 슬픔을 안고 있는지.

가끔은 심장이 발아래서 뛰는 것도 같았다.

보고 싶단 말은
언제라도 늦지 않았으면 좋겠어요

　　우리 맨날 가는 사거리에 있던 큰 주유소가 문을 닫았어요. 그 건너편 와인 집은 리모델링을 끝냈고, 맞은편 백합 요릿집은 딱 인스타그램에 올라올 법한 카페로 바뀌었어요. 바로 옆 편의점은 900원짜리 아메리카노를 파는 카페로 바뀌었고, 우리가 갈까 말까 고민만 했던 칼국숫집은 망해서 나갔대요. 여전한 거라고는 카레 집 하나 정도랄까. 아, 빵집도요. 안에 구조가 조금 바뀌기는 했는데 빵이랑 커피는 더 맛있어졌어요. '언제 한 번 같이 와요.'라는 말 이제는 못 하게 됐지만, 그 빵집 테이블에 가만 앉아있다 보면 소원 목록이라도 하나 적어두고 싶어져요. 우리가 늘 앉던 창가 쪽 자리는 그대로 있어서 거기에 갈 때면 되도록 그 자리에 앉으려 해요. 그렇게 한 시간 두 시간 있다 보면 꼭 당신이 올 것만 같아져요. 내가 종종 기다리던 날이 떠오르

기도 하고. 딸랑, 하는 소리에 자꾸만 입구 쪽을 바라
보게 되는 거 아마도 그런 이유에서겠죠.

있죠, 우리 사이에 할 수 없게 되어버린 말들이 많
잖아요. 닿을 수 없게 되어버린 말들이요. 나 그런 건
다 괜찮으니까, 우리 사이에 보고 싶단 말은 언제라도
늦지 않았으면 좋겠어요. 시간이 좀 걸리더라도 언젠가
는 닿을 수 있었으면 좋겠어. 가끔 누가 나 좀 보고 싶
어 해줬으면 좋겠는 날에, 한 번쯤은 예전처럼 당신에
게서 연락이 왔으면 좋겠어요.

소란스러운 밤이다. 눈앞엔 소설 한 권이 있고, 귓가에선 요즘 종일 틀어놓는 뮤지컬 〈지킬 앤 하이드〉의 넘버 〈Murder, Murder〉이 울리고 있으며, 머릿속으로는 그가 남긴 말들과 행동을 되짚으며 어떤 사람인가에 대해 생각한다. 창밖으로는 비가 내리고 침대앞 선풍기는 윙윙윙윙윙 소리를 내며 바쁘게 돌아가고 있다. 집 안 모든 방의 방문을 활짝 열어놓은 탓에 안방으로부터 코 고는 소리가 들려온다. 귓가의 오케스트라는 점점 클라이맥스를 향해 달려가고 있고, 소설의 48페이지 한 문단을 수십번 째 읽으며 이해하려 무던히도 노력 중이다. 그가 어떤 사람일까에 대해 생각하며 선풍기 바람을 쐬다 빗소리에 귀를 기울였다 코고는 소리로 시선을 돌린다. 소설의 48페이지 한 문단, 이젠 글자가 둥둥 떠다니는 것만 같다. 내 새벽을 뒤흔

들어놓은 사람, 말 한마디로 별을 따다 주고 행동 하나
로 세상을 쥐여 주는 사람. 그 사람이 내 머릿속의 '그'
라고 생각하니 도무지 잠에 들 수가 없겠는 거다.

　새벽이 깊어가는 줄도 모르고.

적당히 주는 마음이라는 거,
말처럼 쉽게 되는 일 아니잖아요

어렵죠, 관계라는 게. 마음을 다 보여주면 부담스럽다거나 이용하려 드는 사람도 있고, 조금씩 열어 보이면 이런저런 오해들이 끼어들고. 그래서 다들 적당히 마음 줄 줄 알아야 한다고 하나 봐요. 그런데 그게 말처럼 쉬워야 말이죠.

난 적당히 마음 줄 줄을 몰라요. 그래서인지 손잡아 줄 것처럼 다가오다 부담스럽다며 말없이 떠나가거나 종종 필요할 때만 찾는 사람들이 있기도 해요. 몇 번 겪다 보니 데인 자리에 흉이 졌는지, 이젠 사람 대하는 것이 어려워지려 그래요. 난 그냥 내 마음만큼 사랑하고 싶은데. 숨김없이 표현하고, 아낌없이 사랑하고. 그게 친구든 연인이든.

우리 사이에 이 정도 마음을 줘도 될까, 재고 따지

는 것에 지쳐요. 사람을 대할 때 나를 얼마만큼 보일 것인지, 또 마음은 어느 정도 줄 것인지에 대해 계산하고 싶지 않아요. 그냥 내가 좋아하는 한 사람으로 보고 싶고, 그 사람에겐 나 그대로를 보여주고 싶어요.

이런 내가 이기적이라면 충분히 그럴 수 있다는 거 알아요. 마음을 받는 쪽이 혹 부담스러워하거나 버거워하지는 않을까 생각하지 않는 거니까. 그런데, 그래도요. 좋아한다는 이유만으로도 내 마음 편히 보일 수 있는 사람이 있었으면 좋겠어요. 그런 관계를 사랑을 하고 싶어요. 적어도 내가 좋아하는 사람만큼은 마음 주는 일에 불안해할 것 없이 온 마음 다해 사랑할 수 있었으면 좋겠어요. 더는 혼자 남겨진 관계의 끝에서 내가 마음을 너무 많이 주었나, 왜 그렇게까지 마음을 쏟아부었을까 하는 후회는 하지 않았으면 좋겠고, 섣부르게 누군가를 좋아하고 마음을 덥석 준 내가 잘못이었다는 후회도 그만하고 싶어요.

긴 밤이 될 것 같아요. 적당히 마음 주는 법에 대해 고민해 보려고요. 내가 상처받더라도, 내 사랑에 상대방이 아프면 안 되는 거니까. 적당히, 상대방이 외롭지 않으면서도 사랑받고 있다는 느낌이 들 수 있게.

더는 나, 흥미로 머물렀다 가는 사람에
상처받지 않게.

봄이면 그 어여뻤던 시선을 따라 걷는다
이 계절이 훌쩍 져버릴 때까지

　4월에 태어난 그녀를 나는 봄으로 기억했다. 하늘하늘한 옷을 즐겨 입는 그녀는 마치 수국이나 작약을 보는 듯했고, 돌담 사이나 아스팔트 틈새로 피어난 꽃 한 송이에도 시선을 곧잘 빼앗길 만큼 꽃을 좋아했던 탓에 그녀의 시선이 닿는 곳이라면 어디든 봄 내음이 났다.

　봄이 오면 그녀를 떠올릴 수밖에 없는 이유는 필시 이 때문일 것이다. 계절이 바뀌며 나무가 한 아름 가져다 놓는 푸른 빛과 알록달록 수놓아지는 꽃들이며, 적당히 선선해지고 느릿하게 불어오는 바람, 빗물을 머금은 흙냄새. 하얀 모래사장의 햇살처럼 눈 부신 태양과 시원한 초록빛 냄새. 이 모든 게 봄이 오는 소식이라면 내겐, 그녀의 시선이 도착했다는 소식이었으니.

돌아오는 봄이면 어김없이 그녀를 떠올린다. 같은 하늘색이지만 어딘가 겨울보다는 따뜻해 보이는 푸른 빛의 하늘을 바라보다, 눈 부신 햇살에 눈살을 찌푸린다. 고개를 살짝 꺾으면 초록빛이 아롱거리고 그 아래로 진분홍빛 철쭉이 고개를 내민다. 인도 블록 사이에 자라난 풀들을 보다, 가로수 아래 작게 자라난 꽃을 본다.

어느 봄날에 머물던 그녀의 시선을 흉내 내며.

손아귀에 추억 한 잎 걸칠 즈음이면 꽃잎은 우수수 떨어졌고 봄은 저만치 흘러갔다.

단 하루도 아프지 않았던 날은 없었습니다

어떤 날에는 유일한 당신이라고 부를 수 있는 추억
이 희미해져 가는 게 어찌나 슬프던지요. 얼굴이 흐려
져가는 게, 목소리가 멀어져가는 게, 느낌이 옅어져 가
는 게. 제아무리 기억하려 애를 써도 하루가 다르게
조금씩 흩어져버리는 당신에 어느 순간부터는 매일을
이별하는 날처럼 살았던 때도 있었습니다. 이런 추억
을 갖고 어떻게 당신을 잊어요, 라고 말하던 순간들부
터 오랜 시간이 흐른다 해도 나는 사월이면 반드시 슬
퍼질 수밖에 없을 거라고 확신했던 날들까지. 단 하루
도 아프지 않았던 날들은 없었습니다.

원래 그렇게 알게 모르게 괜찮아지는 걸까요. 다행
이라기보다는 씁쓸합니다. 미치게 붙잡고 싶었던 순간
들이 아무것도 아니게 되는 마음을 아무런 준비도 없

이 마주하니 정말 가슴 한가운데에 메꿀 수 없는 커다란 구멍이라도 난 것 같습니다. 늘 아프기만 했던 우리의 겨울에 가 있는 기분이 듭니다. 반드시 슬퍼질 수밖에 없는 봄에게로 물들어가는 길인 것을 알겠습니다. 다 잊었다는 생각이 드는 날이야말로 영겁의 그리움을 몰고 오는 당신입니다.

괜찮다는 말은 때로 위태로웠다

그 애는 하나 괜찮지 않은 얼굴을 하고 늘 괜찮다는 말만 했어요. 더 물을 수도 없게, 웃으면서 나 정말로 괜찮다고. 그럴 때마다 느껴지는 거리감이라고 해야 하나. 왜 나는 위로해줄 수 없을까, 왜 내게 기대지 않을까, 하면서 나도 모르게 서운함이 쌓여갔던 것 같아요. 한편으론 굳이 말하고 싶지 않아 하는 그 애의 마음까지 이해하는 게 진정 내가 바라는 깊은 속마음을 안아주는 일이 아닐까, 생각하다가도 나한테 기대줬으면 좋겠는 거예요. 힘들 땐 힘들다고, 울고 싶을 땐 안겨 울기도 하고, 기분이 안 좋을 땐 괜히 나한테 화풀이도 좀 해줬으면 좋겠고. 내 앞에서까지 감정을 숨기느라 네가 힘들지 않았으면 좋겠다, 적어도 네가 나랑 있을 땐 언제든 너다운 모습으로 있을 수 있는 편한 존재가 되고 싶다, 내 바람이었거든요.

내 욕심이었던 것 같아요. 세상에 오직 둘 뿐인 것처럼 아끼는 사람들끼리도 위로를 건넬 수 없는 영역이 있다는 게 당시엔 좀처럼 받아들여지질 않았어요. 가까운 사람일수록 더 숨기고 싶은 마음들도 있기 마련인데. 상대가 내 상처를 몰랐으면 좋겠든, 괜히 부담 주고 싶지 않아서든. 애도 아니고 겨우 이런 거에 서운해하는 내 모습이 나한테도 어찌나 밉게 보이던지. 그렇게까지 특별했던 사람이 처음이었거든요. 이 사람만큼은 내가 정말 행복하게 해주고 싶고 유리구슬처럼 소중하게 대해주고 싶은 마음이 너무 앞서 나갔던 것 같아요.

지금도 가끔씩 그런 생각이 들어요. 내가 만약 조금 더 괜찮은 사람이었더라면, 어떤 마음은 누구에게도 위로받을 수 없다는 걸 아는 사람이었더라면, 상대가 내게 기대올 때까지 기다려줄 수 있는 사람이었더라면. 그 애가 한 뼘 만큼이라도 더 행복할 수 있지 않았을까.

무심한 것들이 참 많았다
궁금하지 않았던 것이 아닌데

더는 알 수 없는 네 소식에 대해 생각하다 보면
그런 것들이 궁금해진다.

너는 오늘 같은 날씨를 좋아했을까,
너는 이런 케이크를 좋아했을까,
지금이라면 너는 걷기를 택했을까
아님 버스를 타려 했을까.
너 추운 걸 싫어했으면서도 우리 겨울을 떠올리면
꼭 엉겨 붙어 거리를 걸었던 기억만이
전부인 걸 알고 있을까.

나 요즘은 겨울 바다에 가고 싶은데
넌 겨울의 모습을 한 바다를 좋아했을까.
한 번 물어보지도 못하고 이렇게 멀어졌구나, 우리.

무심한 것들이 참 많았다.
궁금하지 않았던 것이 아닌데.

안고 살아가는 몇 가지 상처들엔
나도 어쩔 줄을 모르겠는 날이 있어요

아픈 기억들만 밀려오는 때가 있어요. 나는 평생 불
행하게만 살아왔나 싶을 만큼. 종일 우울한 생각만 하
게 되는, 그런 날 말이에요.

참 그렇죠. 아무리 작은 상처라 해도 낫기는 어렵고
덧나기는 쉬워요. 어딘가 아프면 사소한 것들에 더 아
파지기 일쑤이고, 전에는 몰랐던 것들에 수시로 데기도
하고 말이에요. 다 그렇게 조금씩 상처를 안고 살아간
다지만, 그게 파도처럼 밀려드는 날이면 어쩔 줄을 모
르겠어요. 틈을 비집고 밀려들라고 안고 살아가는 것이
아닌데. 시도 때도 없이 욱신거리라고 마냥 덮어둔 것
이 아닌데.

가끔은 그런 생각을 해요. 내가 조금 더 성숙해지
면, 내 어린 상처를 보고 어루만지며 이해한다고 괜찮

다고 위로해줄 수 있을까. 그 사람들도 그럴 만한 이유
가 있었을 것이라며 '그래 이해한다. 너라고 내 모든 것
이 좋았을까.', '고생했다. 너라고 안 아팠을까.' 그렇게
아픔을 녹여낼 수 있을까.

　오늘은 아무것도 않고 그냥 좀 자야겠어요. 우울함
이나 화를 품고 그대로 잠에 들지 말라던데, 무슨 일이
일어나든 당장 끊어내지 못할 기억들에 괴로운 것만
할까 싶네요.

보고 싶은 얼굴들이 많다, 요즘엔

겉으로 티는 안 내는데요, 난 항상 사람이 아쉬워
요. 내 주변 사람들 아무도 몰라요. 내가 사람 아쉬워
하는 거. 난 안 그런 줄 알더라고요. 혼자이길 좋아하
는 사람, 정도로 알 거예요. 자주 혼자이고 싶기에 차
라리 외로워지는 쪽을 택한다는 것도 아마 모르겠죠.
혼자여서 외로운 건 익숙한데, 사람이 두고 간 온기에
외로워지는 건 좀처럼 익숙해지질 않아서요. 누군가 곁
에 다녀가면 따스운 여운이 짙게 남는다고 해야 하나.
내 것은 아닌 열기가 몸을 감싸고 있는 느낌이 있어요.
그 열기가 식어가는 게 아쉬울수록 내가 많이 좋아하
는 사람이더라고요. 사람이 아쉬워요. 자꾸만 아쉬워
져. 떠난 사람도, 떠나보낸 사람도 없는데 그래요. 이런
마음이 사람을 공허하게 만드는 것 같죠. 나도 얼마 전
에 알게 된 사실인데요, 내가 사람 아쉬워하는 거요.

그러니까, 특별한 이유 없이 멀어진 사람들한테 나는 계속 손을 뻗고 있었더라고요. 멀어질 땐 보고 싶고 그리워질 일 생각도 안 했는데, 내가 많이 좋아하는 사람들이라는 거 부정할 수 없을 만큼 연락해보고 싶고 보고 싶어지는 날이 매일 찾아오더라고.

이유 없이 멀어져 버린 사람
누구나 한 명쯤은 있겠죠

왜 살다 보면 이유 없이 멀어지는 사람들 있잖아요. 특별히 안 좋은 일이 있었던 것도 아닌데. 잘 지내다 연락 몇 번 주고받지 못했다는 이유로 서서히 멀어져, 어느 순간 안부 한 번 묻기가 어려워지는 그런 사람들이요. 처음엔 자꾸 생각나는데, 조금 지나면 언제 친했냐는 듯 빈자리마저 금방 사라져 잊고 살게 되더라고요. 뭐 가끔 몇몇은 너무 그리워 마음고생도 좀 하지만.

나 오늘 연락처에 들어가 봤어요. 아주 별난 일이 일어난 거예요. 연락처를 뒤적거릴 일, 일 년에 한두 번 있을까 말까 하거든요. 번호 찾을 일 있음 다 그냥 검색해서 걸지, 굳이 가 나 다 라 순서 따져가며 저 밑까지 내려보고 올려보는 일 안 한 지도 꽤 됐으니까. 잊고 지냈던 이름들, 누군지 알 수 없는 별명들이 수두룩하더

라고요. 연락도 잘 안 하면서 번호는 꼬박꼬박 받아두
고는 했었어요, 내가. 그 사람 이름이 'ㅈ'으로 시작 되
거든요. 근데 별명이 영화 어쩌구여서 'ㅇ'에서부터 눈
에 띄고 말았어요. 일부러 지읒은 지나치려 이응에 닿
은 순간부터는 스크롤을 천천히 내리고 있었는데 더
천천히 그리고 선명하게 읽게 된 셈인 거죠.

　때마침 사람을 찾고 있었거든요. 만두가 먹고 싶어
서 내일 점심에 만두 먹을 사람을 찾고 있었어요. 가고
싶은 식당 근처에 살면서, 만두를 좋아하고, 아무 때나
만나기에 편하고, 고작 1시간 남짓 되는 식사만 하고도
미안할 것 없이 헤어질 수 있는 사람. 딱 그 사람이었는
데. 나 몇 년은 밖에서 밥 먹을 일 있음 그 사람만 불러
내고 그랬었어요. 그래서 내가 지난 몇 년은 누구랑 추
억 같은 게 많이 없어요. 남들은 너네 같은 사이도 그
런 식으로 멀어질 수 있냐고 많이들 놀라던데, 실은 내
가 제일 믿을 수 없었다는 거 알고 그러는 걸까요.

　공허해서요. 밥 먹을 사람 찾다 당연하게 그 사람에
게 연락하던 내가 떠올라서, 오랜만에 빈자리가 느껴져
서, 사라졌다고 생각했던 자리 다시 여실히 느껴져서.
공허한 마음에 늘어놔 봤어요. 누구나 있겠죠? 이유

모르게 멀어진 사람. 누구 잘못이라고 할 수도 없게, 탓 같은 거 할 수도 없게. 그런 빈자리 하나쯤 안고 살아가는 거겠죠.

감히 다 안다고 할 수 없는 마음

내가 네게 한 가지 배운 것이 있다면, 사람 얘기를
잘 들어주는 거. 너를 만날 적에는 내 얘길 하느라 바
빴을 내가 이젠 듣는 입장이 되어 있다. 그래서일까, 사
람들 애길 듣다 보면 문득문득 네 생각이 나는 거다.
네가 내 얘기를 들어줄 때 이런 기분이었을까, 하면서.
전엔 몰랐던, 네가 늘 말하던 외로움에 대해 생각해보
게 된다.

함께여도 털어낼 수 없는 감정이 있고, 그것들은
내 사정과는 별개로 네게 말할 수 없는 마음으로 분류
가 돼 다른 형태로 쌓여간다던 말. 너는 나를 보며 내
게 말하고 있지만 나를 생각하고 있는지는 모르겠다던
말. 가끔은 어처구니없는 말에도 끄덕여주는 사람 한
명 있기를 바랐다던 너. 억지이기는 하지만 그래도 한

명쯤 절대적인 내 편이 간절한 날이 있다는 거 너도 알지 않느냐며. 기대고 싶은 날이면 틈 없이 외로웠다고. 내가 틀린 길에 섰을 때, 돌아갈 수 있는 길을 알고 싶은 게 아니라 거기까지 가느라 수고했단 말 한마디가 듣고 싶었던 거라고. 가끔은, 사람 마음이라는 게, 정답뿐인 길 이전에 온기 어린 위로가 간절하다고. 다 놓아버릴까 흔들리는 마음, 끝없이 자책하게 되는 마음, 토닥여주고 안아주는 거 분명 생각보다 어려운 일이 아니라던 너.

생각해야만 하는 이야기였다. 누군가 얘기를 시작하면 네가 한 말들을 조용히 곱씹는다. 말을 꺼내야 할때는 네가 말하던 위로에 대해 한 번 더 생각한다. 이제야 너를 이해하면서도, 네가 얼마나 외로웠을지 아직은 감히 다 안다고 말할 수가 없다.

가끔은 모른 척하면 정말 몰라서 어쩌지 못한
것처럼 되는 일도 있다고 믿고 싶다

걱정에도 책임이 따르는 법이잖아요. 마음 내킬 때
마다 걱정해줄 수 있는 사이가 아니어서 괜찮냐고 물
어보려다가도 가끔은 모른 척 지나가고, 내가 어떻게
도와줄 수는 없을까 먼저 다가가려다가도 조심하라는
말만 하고 돌아서게 돼요. 함부로 걱정할 수 있는 사이
는 아닌 거예요, 우리. 괜찮냐고 두 번은 물을 수 없는
사이, 알아도 모른 척하는 게 암묵적인 규칙인 그런 사
이. 애매한 거죠. 애매하게 돼 버렸지. 친구도 연인도 아
닌데 누가 먼저 우리 뭐냐고 물을 수도 없는 건, 우리
서로에게 어떤 이름으로도 곁에 남을 수 없을 거라는
걸 잘 알기 때문에. 정리하게 되는 순간 더는 봐야 할
이유 같은 거 사라질 테니까. 말로 설명할 수 없는 마
음이 있고, 그게 무엇이라고 단정 짓고 싶지 않은 마음
이 바로 그것이라. 가끔은 모른 척하면 정말 몰라서 어
쩌지 못한 것처럼 되는 일도 있다고 믿고 싶어서.

잊어도 잊은 것 같지가 않습니다

시간이 지나면 잊히기 마련이라는 거, 부르지 않아 낯설어진 이름이나 더는 단번에 그려낼 수 없게 된 얼굴로 알았습니다. 그렇게 고스란히 남아있는 것이라고는 사랑했었던 마음뿐이나, 그것만으로도 어디론가 흩어지고 흐릿해진 기억의 빈자리에 못내 쓸쓸해지고 공허해질 수도 있단 사실에 잊지 못해 괴로웠던 날들을 지나 다 잊은 줄로만 알았던 기억에 괴로워지는 요즘입니다.

잊어도 잊은 것 같지가 않습니다. 어떤 흔적은 자국이 모든 걸 말해주고 있어서, 너무 빨리 잊어버려 더는 떠올릴 수 없게 된 것들에 종종 고개를 묻게 되기도 합니다. 괜찮다는 말은 아직 멀게만 느껴집니다. 잘 지낸다는 말은 물음 어린 안부가 아니고선 도통 발음될 줄

을 모르는데, 다 잊은 것처럼 지내다가도 마음 한구석
이 공허해지면 단연 당신이라니. 자신 없는 목소리로
굴려낸 안부에 생채기가 가득할 수밖에 없는 이유입니
다.

함부로 사랑을 했다

첫눈이 내릴 때 함께 있는 사람과 사랑이 이루어진
다는 말을 믿었던 것도 같다. 그날은 꼭 모든 게 운명
같아서 말 한마디를 해도, 수저를 내어주는 작은 행동
에도, 그 애를 빤히 보다 더 다정하게 굴려낸 목소리를
내었다. 지금 이 떨림이 깨지진 않을까 자꾸만 느리게
미소를 지어 보였고, 발바닥은 온전히 닿게끔 걸었다.
작게 들려오던 겨울 발라드가 크리스마스 캐럴로 바뀌
었을 땐 하는 말마다 심장 소리가 묻어나는 것 같았다.
사랑이 아니고선 설명할 수 없는 온기에 자꾸만 오직
둘 뿐인 것처럼 굴고 싶었다. 함부로 사랑을 했다. 모든
게 운명처럼 반짝여서 그 애 맞은 편에 앉아있는 나도
꼭 어떤 운명이라도 된 것만 같은 날이었다.

떠올릴 때면 입 안 가득
쓸쓸함이 감돌게 하는 얼굴들이 있다

그런 얼굴들이 몇 있어요. 보고 싶다기보다는 우리 왜 그래야만 했을까, 응어리지게 만드는 얼굴들. 기다리면 올 것 같은 미련이었다가, 한 걸음 물러섰더라면 달라졌을 후회였다가, 이따금씩 버림받았다는 상처였다가, 왜 매번 같은 시점에 사람을 떠나보낼까, 내 마음은 왜 유독 빨리 달아오를까, 처음부터 다 주는 내 사랑이 미웠다가. 우리 꼭 이렇게 남이 되어야만 했을까, 생각날 때마다 유난히 사람 하나 잃은 기분 들게 하는 얼굴들. 입 안 가득 쓸쓸함이 감돌게 하는, 그런 사람들.

알고 있었어요
영락없이 이별이라는 거

당신 떠나가던 뒷모습이 잊히지를 않아요.
내가 놓았는데, 덩그러니 남겨진 것도 나였으니까.

사실 알고 있었어요.
언젠가부터 사람들한테
당신을 내 사람이라고 소개할 수가 없었고,
답이 없으면 어쩌나 부르기가 겁이 나 늘 기다렸고,
그래도 혹시 모르니까 라며
희망을 피워내는건 전부 빛바랜 추억뿐이었거든요.
옛 추억에 사로잡혀 당신을 놓지 못하는 모습이
딱 이별한 사람 같더라고요.

당신을 더는 내 사람이라
부르지 못하게 되어버린 것도,
답이 없을 것을 알아 부르지도 못하고

내내 기다리는 것도. 영락없이 이별인데.

당신과 이도 저도 아닌

애매한 관계에 놓여있는 내 꼴이,

영락없는 이별인데. 무서웠어요.

당신을 놓은 것을 후회하게 되는 날이 올 테니까.

그땐 모든 게 내 탓일 테니까.

그 많던 아픔과 상처를 다 잊고,

나를 원망할 테니까.

지금도 잘했다고 생각하진 않아요.

놓아져야 되는 사람은 내가 아니었을까, 싶어요.

하루만 더 기다려 볼걸.

한 번만 더 만날걸. 그 얼굴을 한 번만 더 담아둘걸.

매일 후회해요, 나는.

무엇에게도 사랑받지 못하는 계절

    가을비가 내린다는 건 겨울이 머지않았다는 뜻이고, 눌어붙은 낙엽들이 그득한 거리를 걸어야 한다는 것이다. 이 사실에 못내 마음이 쓰인다는 건 그 애가 싫어하던 것들에 여전히 신경을 쏟게 된다는 것이고, 형체 없는 것들에 마음을 쓰게 된다는 것이다. 죄다 미련 뿐에 사랑했던 계절이면 상처가 아물기 이전엔 안으로 무심해지는지라, 어김없이 찾아올 추억도 많고 이별도 많은 겨울엔 무엇에게도 사랑받지 못하는 계절이라는 또 다른 이름이 있다.

우리의 지난 모든 걸음은

아름다웠기에

요즘은 그런 사람이 되고 싶어요.

좋아하길 잘했다, 싶은 사람. 언젠가 돌아서 추억하거든

그렇게 좋아할 수밖에 없었던 사람이었다고.

불행을 불안해하지 않을 만큼 행복하고,
견딜 수 있을 만큼 아팠으면 좋겠다

　이리저리 치여서 지치고 힘든 날, 다 포기하고 싶은
날, 매일이 별일 없이도 고단하기만 한 날 있죠. 이렇
게 바쁘고 숨 막히는 일상 속에서도 나를 위로해주고
기댈 수 있게 해주고 기쁘게 만들어 주는 것들이 있는
것 같아요. 이를테면 취미 같은 것들. 좋아하는 장르의
책을 읽는다든지, 조용한 카페에 홀로 앉아 달달한 디
저트 하나 시켜 놓고 마냥 시간을 보낸다든지, 좋아하
는 가수의 노래를 듣거나 드라마 혹은 영화를 본다든
지. 요즘에는 많이들 벚꽃을 보러 가던데 잠깐 꽃이 피
어있는 길가를 따라 걷다 와도 좋겠고, 식사 시간에 유
명한 맛집을 다녀와도 좋겠고.

　그런데요, 내가 좋아하던 것들이, 나를 위로해주고
쉴 수 있게 해주던 것들이 성가셔지는 날도 있는 것 같

아요. 슬픈 일이죠. 시간이 나면 좋아하는 드라마 한 편을 십 분이라도 보고 싶었고, 아침 일찍 새로 개봉한 영화를 보러 가고 싶었는데. 대중교통을 이용할 때면 좋아하는 노래를 챙겨 듣고 싶었고, 카페에서 시간을 보내게 될 때면 시집 한 권을 읽고 싶었는데.

맛있는 음식을 먹으러 가기도 귀찮고, 드라마나 영화는 극 중 주인공들의 감정선이나 극의 호흡을 따라갈 체력이 되질 않더라고요. 좋아하는 노래도 없는 것 같고, 이어폰을 꽂고 있는 것보다는 바람 소리나 차 지나가는 소리를 듣는 게 더 편하고. 산책이라도 하려니 조금이라도 체력을 아껴야지 싶고. 슬픈 일이에요 그죠. 시간을 내서라도 하고 싶었던 것들이, 별거 아닌 것들이 성가셔지고 귀찮아지는 거요. 하루를 기대하게 만들어주던 것들이, 버거워지고 치워두고 싶게 되는 그런 거.

이전에는 마음이 무거워지거나 고단해지면 좋아하는 것들을 통해 풀어내거나 보상받으려 했는데, 이젠 그마저도 의미가 없다는 거나 다름없으니까. 나는 내가 행복했으면 좋겠는데, 그럴 때마다 마음이 그러는 것 같아요. '행복해서 뭐 하게.' 사실 행복이라는 게 감

정 그 자체만으로도 의미가 있는 일이라고 생각했거든
요. 그런데 요즘엔 마음이 그게 싫대요. 그냥 이렇게 살
지. 행복해지려 애쓰느라 여기서 더 불행해지고 우울
해지면 그게 무슨 소용이냐고. 틀린 말도 아닌 것 같아
서 전 요즘 그냥저냥 살아요. 좋아하던 것들을 멀리하
게 돼서 도통 무얼 해도 기쁘다거나 즐거워질 수 없는
날들이지만. 나름의 제 우울을 잘 안아주려 감싸주려
공감해주려 노력하며 살고 있는 것 같아요.

나는 내가 불행을 불안해하지 않을 만큼 행복하고,
견딜 수 있을 만큼 아팠으면 좋겠어요.

올 듯 말 듯, 벌써 봄이 오고 있다니요

내가 얘기했었나요? 나 몇 달 전에 이사를 했어요.
이사하는 김에 전에 쓰던 커다란 식탁은 버리고 네 명
정도 앉기에 좋은 작은 식탁을 하나 장만했어요. 그런
데 이 집에 오고 나서부터 통 식탁에 앉아 저녁 먹을
일이 없는 거 있죠. 가끔 다섯 시면 이른 저녁을 챙겨
먹는 것 말고는 앉을 일도 거의 없었던 것 같아요. 마
지막으로 식탁에 앉아 저녁을 먹었던 게 한창 겨울이
었으니까, 다섯 시쯤이면 거실 창을 통해 보이는 노을
이 정말 예뻤을 때네요. 그 하늘을 보려 매일 다섯 시
만 되면 부엌과 거실 사이를 어슬렁거렸는지도 모르겠
어요.

그땐 겨울이었으니까요, 여섯 시면 꽤 어둑해진 하
늘에 컴컴해진 집 안이 고요함에 파묻히곤 했는데 난

그 소음 한점 없는 시간을 좋아했어요. 때론 너무도 적막해 귓가에 윙- 하는 소리가 들려오는 것도 같았지만요.

하루가 길다고 생각했어요. 의무적으로 깨어 있어야 할 시간이 남아 있는 그런 기분이었달까요. 일찍 잠이 들어도 되는데 새벽이 길어지는 게 싫었어요. 분명 두 시도 채 되지 않아 말똥말똥 눈이 뜨일 게 분명하니까. 자기에는 짧고 깨어있기에는 길다는 그 새벽에 뭉글해진 마음은 당신을 그리워하려 들 텐데. 견뎌낼 자신이 없었어요.

나 오랜만에 식탁에 다시 앉았는데. 무심코 돌아본 하늘빛이 푸르러서 작게 놀랐어요. 이 시간쯤이면 저녁이 다 됐구나 싶었는데, 아직 한창 오후 무렵의 하늘빛이더라고요. 겨울이 끝나간다는 얘기겠죠. 올 듯 말 듯, 벌써 봄이 오고 있다니요.

당신의 생일이 머지않았다는 말이기도 하겠죠.

당신을 잊는다는 건

당신을 잊는다는 건 그랬다.
기쁘다가도 문득, 멍하니 거리를 걷다가 다시 문득,
바쁘게 살아가던 중에 또다시 문득.
물을 마시다가도, 신발을 신다가도,
버스를 기다리다가도,
좋아하는 음악을 고르다가도.
문득 또 문득 떠오르는 당신과
수도 없는 이별을 해야 하는 것.

그래 이젠 아니라며 빠르게 일상을 살아내야 하는 것.
그러다 시간이 조금 지나면서는,
하나둘 흐려져 가는 기억들에 공허해지는 마음을
다시 당신으로 채우려 하지 않아야 했고,
그 안에서도 짙어져만 가는 것들은 그런대로 담아두려
애쓰는 것이 내가 당신을 잊어가는 일이었다.

위로받고 살아요, 기억에 추억에
웅크려 아파하지만 말고요

까다로운 계절에 만났어요. 뭘 해도 중간은 없던, 그
런 날에요. 날씨도 기분도 건강도 일도 식사도 방황도
휴식도. 모든 게 극과 극을 오가는 날에 유일하게 안정
적인 것이 하나 있었다면, 내겐 그 사람이 그 사람에겐
내가 있었다는 거죠.

다행이었어요. 그 사람에게도 내가 있다는 사실이
어떤 불안이나 불신 같은 것 하나 없이 믿을 수 있는
것이었거든요. 내가 누군가에게 행복이나 희망 같은 게
될 수 있다니. 따뜻한 온기와 안정이 되어줄 수 있다니.
사람을 사랑하는 일에 재고 따질 것도, 힘들게 표정을
읽어 내거나 보이지 않는 마음을 들여다볼 필요도 없
다니. 신기하죠. 그 사람 앞에만 서면 까다로웠던 것들
이 하나둘씩 제자리를 찾아가는 것 같았어요. 우울한

겨울도 그럭저럭 견딜만했고, 걱정해줄 사람이 있으니 아파도 서러울 일이 없었고, 본 적도 없는 우주 끝에 가라앉아있던 기분은 언제 그랬냐는 듯 흩날리는 눈처럼 가벼웠고, 폭식을 해도 욱여넣는다는 느낌이 없었고, 종일 늘어져만 있어도 사는 것 같았으니까요.

아, 그 사람은 눈을 싫어했어요. 안 그래도 평소에 자주 발목을 삐끗하는데 눈까지 내리면 엎친 데 덮친 격으로 구르게 된다나 뭐라나. 난 눈 내리는 거 좋아했거든요. 눈은 봐도 봐도 마법 같은 구석이 있어서, 눈이 내릴 때면 뭐든 뒤에 '눈이 내리니까'라고만 덧붙여도 특별해지는 게 좋았어요. 마치 '비가 오니까'라는 말이 좋은 핑계가 되는 것처럼 말이에요.

언젠가는 다 헤어지게 될 걸 알면서도 우리는 다를 줄 알았던 사람, 그런 사람 있어요? 아니면 더는 슬프지도 않을 만큼 오래됐지만 떠오를 때면 여전히 우린 다를 것 같았는데.라고 생각하게 되는 사람. 만남이 있으면 헤어짐도 있다는 말, 도통 그 사람에게만은 통하질 않아서요. 아니 뭐, 울고불고 매달리고 싶다는 그런 말이 아니라. 열 손가락을 다 접고도 남을 만큼 많은 계절이 지났는데도 내겐 특별한 사람으로 남아 있다고요, 그 사람. 잡는다 해서 잡힐 사람 아니었기에 더 좋아했거든요. 그런 면이 그 사람을 자꾸만 특별하게 만들고 온 마음 다해 사랑하고 싶게 만들었는지도 모르죠.

까다로운 계절이면 잔뜩 날이 서 있어요. 그래서 난 그 틈을 메꾸어줄 만큼 그 사람과의 기억을 웅크려 꼭 안아요. 그러다 보면 이런 계절에도 나를 사랑해줬던 사람이 있었다는 게 위로가 되더라고요.

위로받고 살아요, 기억에 추억에.
그렇게 웅크려 아파하지만 말고요.

당신이 지나간 자리 끝엔
못다 한 우리의 진심이 있나요

　　오늘은 당신이 주고 간 편지를 읽었어. 손가락으로
볼펜 자국을 따라 읽다, 당신의 손아귀에 꽉 쥐어진 볼
펜이 검은 잉크를 흘렸을 방향을 따라 읽었어.

　　얼마만큼의 힘을 주어 어느 방향으로 이응을 써내었
을지, 비읍은 두 세로줄을 먼저 그었을지 아님 한 세로
줄 다음 반대로 뒤집힌 6의 모양을 써내었을지. 미음은
입 구(口) 자를 따라 썼을지, 둥그러니 단번에 그려내었
을지. 리을은 기역과 디귿을 차근히 썼을지, 아님 뱀처
럼 그려내었을지.

　　이런 것들을 궁금해하며 읽어나가다 보면 흐트러진
글씨체와 가끔은 휘갈겨 쓴 듯한 글자들이 제법 보여.
그런데도 어찌나 꾹꾹 눌러 썼는지 노트를 찢어낸 듯한
종이의 뒷면만 봐도 대충 읽어낼 수 있을 정도라니까.

어떤 마음이었을까. 이 편지를 쓸 때 말이야. 글씨를
쓸 때면 꾹꾹 눌러 쓰는 것은 당신의 버릇이었을까. 아
님 당신의 진심이 만들어 낸 흔적일까.

좋아하길 잘했다, 싶은 사람이고 싶어요

영원이란 말 없이도 멀어진다는 거 도무지 상상조차 되지 않았던 사람 한 명쯤 있잖아요. 우리가 멀어지게 될 이유나 있을까, 우리를 떠올리면 함께인 모습이 당연하던 그런 사람이요. 하지만 영원은 없다는 말 정말 맞는지, 결국 언제인지도 모르게 각자의 삶을 사느라 핑계를 댈 시간도 없이 멀어져 버렸지만, 덕분에 어떤 관계에선 좋은 이별도 있는 법이라는 거 알게 되었으니 그들에겐 늘 고마운 마음이에요. 나도 그들에게 혹은 그들처럼 다른 누군가에게 함께여서 후회는 없었던 사람으로 남을 수 있을까요.

요즘은 그런 사람이 되고 싶어요. 좋아하길 잘했다, 싶은 사람. 곁에서 응원해주고, 같은 감정을 공유할 수 있는 순간에는 나를 좋아해서 마음고생 하는 일은 없

었으면 좋겠어요. 내가 정말 괜찮은 사람을 좋아하고
있구나, 하는 걸 내 사람들도 느꼈으면 좋겠는 마음이
에요. 내가 그들에게 느끼는 것처럼요. 그리고 언젠가
시간이 흘러 각자의 삶을 살아내느라 어쩔 수 없이 멀
리서 응원할 수밖에 없는 자리에서 서로를 추억하게
된다면, 가끔은 자신의 일을 져버리면서까지도 나를
위해줬던 시간을 떠올렸을 때, '내가 그랬었지', '그래도
그 사람 좋아하길 참 잘했다.' 싶었으면 좋겠어요. 그렇
게 남고 싶어요. 그래서 내 사람들을 생각하면 정말 좋
은 사람이 되고 싶어져요. 위해주고 애써주는 마음들
이 아깝게 느껴지지 않게요. 자그만 빈틈의 망설임도
느껴지지 않게. 언젠가 돌아서 추억하거든 그렇게 좋아
할 수밖에 없었던 사람이었다고, 언젠가 좋은 모습으
로 잘 지낸다는 소식 한번 들려오면 좋겠다는 사람이
었으면 좋겠어요.

안부의 무게

안부라는 말이 가진 무게에 대해 생각합니다. 졸졸 흐르는 시냇물에 나뭇잎 살포시 얹히듯 다정한 두드림이 될 수도 있겠고, 초대하지 않은 사람의 발걸음으로 생을 송두리째 흔들어 놓는 폭풍이 될 수도 있음을 알기에 나는 오늘도 이 안부가 물어도 되는 안부일지에 대해 고민합니다.

지나온 세월을 그려봅니다. 당신 어디까지 흘러갔을지 멀어졌을지 가늠해봅니다. 손마디로 한 번, 두 번, 세 번. 장맛비를 세 번 건너 유난히 추웠던 겨울날을 떠올리면 그 언저리에 우리가 있습니다. 다시 되감아 초록빛 나뭇잎들이 온통 노랗게만 기억될 만큼 햇살이 눈부셨던 봄으로 갑니다. 우리의 첫봄. 나는 여기에 있습니다. 보내지 못한 편지는 정동사거리에서부터 덕수

궁 돌담길 사이에 가득 깔려 있습니다. 네 개의 발자국을 따라 걷다 보면 군데군데 많은 내 흔적이 보일 겁니다. 모든 추억 아래 내가 있으니 언제라도 찾아오세요. 그립지 않았대도 괜찮습니다.

오늘도 잘 지내냐는 말은 한층 더 무거워져만 갑니다. 쉬이 내뱉지 못하게 지난 세월의 무게가 목구멍을 넘어 억누릅니다. 당신이 잘 지내고 있을까 봐 걱정이 돼 그렇습니다. 내가 괜한 방해물이 되는 것은 아닐지, 당신의 하루를 망쳐 놓는 것은 아닐지.

이런 고민 걱정 끝에는 어떤 생각이 기다리고 있는 줄 아십니까. 내가 당신의 삶을 흔들어 놓을 만큼, 당신의 하루를 망가뜨려 놓을 만큼 당신에게 가치 있는 사람일까.

그 긴 시간 동안 나는 아무것도 아닌 존재가 되었을지도 모르는 일입니다. 어쩌면 안부의 무게를 재는 것 따위, 다 쓸모없는 일일지도 모르겠습니다.

언젠가 기억이 전부 바래져
내가 당신을 사랑했었다는 사실만이 남는대도

　원래 기억이라는 게 다 처음 같진 않잖아요. 그때 당시 감정의 정도에 따라서 강렬하게 남은 부분이 기억의 전부가 되기도 하고, 내가 기억 하고 싶은 것들만 집어내 뒤죽박죽 담아두기도 하고. 이렇게 보면 시간의 힘이라는 게 정말 무시할 순 없는 것 같아요. 남은 기억이라고는 당장 떠오르는 것도 손에 꼽을 만큼밖에 되질 않는데, 시간은 그 무게를 온전히 안아 묵직한 것이 생생하게 와 닿으니 말이에요.

　다 바래진 기억 무슨 추억이 많다고 나는 매일 되감아 봐요. 보고 싶은 얼굴이, 듣고 싶은 목소리가 아직 그곳에 있으니까. 흐려질 대로 흐려졌지만 그럼에도 난 그날을 부둥킬 수밖에 없는 거예요. 내 이름을 불러주던 목소리만으로도, 여름이 넘실거리던 미소만으로도,

그 사람이 내 기억 속에서 오래도록 다정할 수 있다는 사실에 다행이라서요.

언젠가 기억이 전부 바래져 내가 그를 사랑했었다는 사실만이 남아도 좋아요. 내가 우리를 그리고 그 사람을 잊지 않고 떠올릴 수 있다는 것만으로도, 다행일 테니까.

나를 향한 당신의 모든 것에 고마웠습니다
그 무엇도 사소한 적은 없었습니다

　당신이 나를 배려해주고 존중해주며 마음을 표현하는 모습에 어찌 크고 작음을 논할 수 있을까 생각했습니다. 큰 걸 바라지 않는다고 말할 것이 아니었으며, 진정 관계에 사소함이란 존재할까에 대해 말입니다. 꼬박꼬박 식사 안부라도 물어 오는 연락이, 출근 전 전화한 통이, 겨울이면 햇빛으로 걷게 하고, 차 시트를 미리 데워 놓고, 식당에 가거든 수저를 챙겨 주고 물을 따라 주는 것들이 사소한 것이 될 수 있을까. 글쎄요. 결코 사소하지 않은 것 같습니다. 적어도 당신을 생각한다면 말입니다. 쉽지 않은 일입니다. 여러 변명을 두고 못 할 수 있는 일들이라 생각했습니다.

　나는 단지 이 얘기가 하고 싶었습니다. 사소한 것들은 존재하나, 관계란 사소한 것들이 모이지 않으면 언젠간 깨져버리기 마련이라는 겁니다.

나를 향한 당신의 모든 것에 고마웠습니다.
그 무엇도 사소한 적은 없었습니다.

차마 남이라고는 부를 수 없는 이름들

지나간 사람들 앞에 한때라는 말을 붙여 부르는 거, 참 쉬웠는데. 그 얼굴을 가만 떠올리고 있자면 도무지 한때라고는 말이 나오질 않는 겁니다. 어느 한 시기 알고 지냈던 사람이라고 말하기엔 너무 큰 시간이 우리 사이에 자리하고 있어 그럴지도 모르겠습니다. 언제부터 남이라 부르게 되었는지는 알 수 없습니다만, 여전히 그 이름을 발음할 때면 차마 남이라고는 설명할 수 없겠는 날들이 종종 있습니다.

우리 못 본 지 몇 번의 계절이 흘렀는지, 이젠 손꼽아 세어보지 않습니다. 몇 손가락을 접어야 할 만큼 꽤 긴 날이 흘렀다는 것만은 압니다. 그리고 지금에 와서까지 난 여전히 당신께 묻고 싶은 게 많습니다. 요즘 날엔 그런 게 궁금합니다. 그 사람이 나를 무어라 부를

지. 한때 알고 지냈던 사람, 나 혹시 그렇게 불리고 있을까요. 틀린 말은 아닙니다. 내가 어떻게 불렸으면 좋겠는지 생각해본 적 없기에 무어라 불리든 실망도 없겠습니다만, 우리 사이에 자리하고 있는 시간을 쉽게 한때라 치부하고 있다면, 조금은 서글프겠습니다.

슬픔이란 내 손에서 시든
꽃송이를 심어두는 것과 같아서

'나 선인장을 죽였어.'

아침부터 문자가 와 있었다. 도통 연락 같은 거 올 사람이 아닌지라 텅 빈 화면에 뜬 이름 다섯 글자가 반가웠다. 잽싸게 열어본 문자에 나 선인장을 죽였어,라니. 알다가도 모를 사람이다. 우리가 일 년 만이라는 사실을 잊게 할 만큼.

늦지 않게 답장을 보내고 싶었는데 그러기엔 생각해야 할 것들이 많았다. 5:42이라고 적힌 시간을 한 번 보고, 보통은 8시에 일어나는 사람이 아닌가 하는 사실을 돌이켜본다. 식물을 좋아하는 줄은 몰랐는데, 선인장은 언제부터 키웠을까, 미니 다육이 같은 건가, 그거 키우기 쉽지 않나. 일단, 선인장 웬만해서는 잘 자라지 않아요? 라고 보낸 뒤 인터넷에 선인장 키우는 법을 찾아보기로 했다.

찾아본 방법으로는 '햇볕을 많이 쬐게 해주고 통풍이 잘 드는 곳에서 물은 줄 때 듬뿍 주되 자주는 주지 말 것'이었다. 아. 예상컨대 통풍이 잘 해결되지 않았을 것이다. 워낙에 창문 여는 것을 싫어하던 사람이라. 때마침 사진 두 장을 보내왔는데 눈 코 입만 붙여주면 선인장 캐릭터같이 생겼을 애가 푸른곰팡이 핀 상한 치즈 같은 색깔이 되어 있었다. 대체 어떻게 키우면 일주일 만에 저리될까 싶었다. 통풍이 잘돼야 한대요.라고 보냈다. 얼마 지나지 않아 요즘 더워서 창문을 안 열었는데 그래서 그런가 봐.라고 답장이 왔다.

응, 그러게요. 달리 할 말은 없었다. 마지막 답장을 띄워두고 몇 분이 지났는지도 모르겠다. 이게 통화였다면 괜히 흐흐흐 하는 웃음소리라도 냈을 텐데. 아님 이 어색함을 덮기 위해 뭐 해?라는 흔한 물음이라도 주고받았겠지.

다시 잘 키워 보란 말에 그러겠다고 답이 왔다. 뭘 기대했는지는 몰라도 겨우 이어나간 문자인데. 싶은 아쉬움이 들었다. 그렇다고 지금은 뭐해요?라며 묻기엔,

다음 그다음 또 그다음 내가 할 수 있는 말들이 죽은 저 선인장처럼 빠르게 말라가고 있었다.

슬퍼하기엔 이른 시간이다. 슬퍼하지 않으려 뱉어본 말이었는데 실은 간발의 차이로 먼저 슬픔을 느꼈다. 그러겠다는 답장이 오고 한 시간이 지났지만 그쪽에서 아무 말이 없는 것을 보니, 아무래도 내게 오지 않는 답장 같은 거 신경이 쓰이지 않는 모양이다. 신경이 쓰이지 않는 줄도 모르게 저 대화를 끝으로 나는 잊혔겠지만, 슬픔이란 본래 큰 웅덩이 안에 내 손에서 시든 꽃송이를 심어두는 것과 같아서 자꾸만 그럴 일 없는 미련 희망 같은 것으로부터 내 슬픔은 몽상과 함께 번져나갈 수밖에 없는 것이다.

그런 게 슬픈 겁니다
추억이든 사람이든 영원할 수 없다는 사실이요

종종 당신과의 지난 추억으로부터 위로받습니다.
싱그러운 미소를 저 멀리서부터 바라보며
한 걸음 한 걸음 눈 맞춰 다가가던
설렘을 떠올리기도 하고,
팔짱을 끼고 서로에게 반쯤 기대어 걷던
어느 날을 떠올리기도 합니다.

누구에게도 말 못 할 애기들을 두런두런 잘도 나눴던
고마운 관계에 대해 생각해보기도 하고,
당신에게 한때나마 특별했었다는 것을
되감아 보기도 합니다.

끝으로 모든 것은 영원하지 않다고 생각을 합니다.
그러니 이별에 대해 더는 슬퍼하지 말자고 다짐하지만,
압니다. 그저 이별만 슬픈 것이 아니라
다신 돌아올 수도 없는 시간이 되어버렸다는 것을,
당신에 관한 모든 것이 갑작스레 뚝 끊어져 버린 듯한
공허함과 막막함을 슬퍼한다는 것을요.

그 선 너머 나는 넘어갈 수 없는 곳

내 이름의 마지막 글자는 사실 '연'이 아니라 '련'이에요. 나 이 얘기 원래 특별해지고 싶은 사람 앞에서만 하는데. 나를 '련'이라고 불러주던 그 사람이 지금 없거든요. 그러니까 오늘만 내 비밀 아닌 비밀, 특별한 사람 앞에서만 말하려 꽁꽁 숨겨두었던 얘기, 하나 별거 아닌 것처럼 풀어놓고 갈게요.

그게 모두에게 말하는 사실은 아니었던 만큼, 한 마디로 관심 좀 받고 싶은 사람 앞에서만 꺼내는 얘기인데. 둘만 아는 비밀 같은 게 생기는 기분이잖아요. 별명이 생기면 더 친해진 기분이 드는 것처럼, 서로만 알아들을 수 있는 무언가가 생긴다는 거 언제 들어도 설렐 수밖에 없는 일이니까.

그 사람한텐 별거 아니었을 거예요. '연'이나 '련'이

나 그게 무슨 상관이었겠어요. 내가 특별하게 생각하니까, 나만 좋았던 일인 거죠. 그래서 오늘은 이렇게 다 얘기 한다는 거예요. 특별하지 말라고. 별거 아닌 게 되라고. 누구나 다 아는 사실이라면 그거 아무것도 아니게 될 것 같아서요.

그래도 나를 '련'이라고 불러줄 만큼 우리 꽤 친했었는데. 서슴없이 별명을 지어 부를 만큼, 가까웠는데. 언제부턴가 다시 '연'이라고 부르더라고요. 남들은 눈치도 못 챌 부름이었겠지만, 그건 마치 애칭으로 저장되어있던 것이 이름으로 바뀌어있는 것을 발견했을 때의 느낌 같았어요. 애칭, 나도 지워본 적 있어서 아는데요, 그거 이름으로 다시 적어 넣을 때 그 사람에게서 멀찍이 떨어져 넘어갈 수 없는 선을 하나 긋는 기분이 들던데. 그 어떤 말보다도 이젠 정말 끝이라고 알려주는 것만 같던데. 그러니까 그 사람이 나를 '연'이라고 바꿔 불렀을 때요, 나는 이미 그 사람이 그은 선 너머에 있던 거겠죠. 나는 넘어갈 수 없는 선, 그 밖에.

다신 특별해지지 말아야지, 싶어요. 애칭으로 불리다 사랑한단 말 한 번 못 해보고 이름으로 불리게 되어 자연스레 끝을 알아버리는 그런 만남. 시작도 없어서

헤어지잔 말 미안하단 말 일말의 책임 같은 것도 자연
스레 무마해버릴 수 있는 관계에 자꾸 앞서 나가 있는
나를 보는 것도 싫고, 더는 상처 받고 싶지 않아요

당신의 이름은

바람이 흥얼거리는 소리는 봄을 불러옵니다. 꽃이 피어나는 순간에는 사랑에 속고 싶어집니다. 흩날리는 꽃잎은 때로 낭만적이고, 윤슬은 온통 회색빛뿐인 삶 속에서도 빛나는 것은 있다고 말해주는 것만 같습니다.

그래서 세상의 온갖 아름다운 것들로도 형용할 수 없는 당신의 이름은 행복의 자격을 논하지 않게 해주고, 행복의 총량에 대해 가늠하지 않게 해주며, 불행에 죽고 운에 살게 하지 않고, 살아간다기보다는 살아내는 듯한 날이 와도 흘러갈 수 있게 해줍니다.

생각만으로도
여름이 넘실거리는 얼굴이 있다

생각만으로도 여름이 넘실거리는 얼굴이 있다.
어떤 노래는 듣기만 해도 겨울 냄새가 나는 것처럼.
어떤 기억으로부터 그날의 분위기가 번져 드는 것처럼.
봄을 불러오고, 여름을 넘실거리게 하고,
동화 같은 겨울을 생각나게 하는 사람.

당신에게 묻고 싶다.
당신의 지난날에도 나로 물들었던 시간이 있었느냐고.
내 생각에 온몸이 저릿해
꼭 그날을 걷고 있는 것 같은 적이 있지 않았느냐고.

아무도 나를 몰랐으면 하는 날

　무작정 집을 나서서 도망친 곳이라고는 고작 집에서 5분도 채 되지 않는 거리에 있는 프랜차이즈 카페였어요. 사람은 득실대고, 늘 먹던 메뉴에 그 브랜드만의 진부한 인테리어만이 나를 반길 뿐이었죠. 그래도 운이 좋았어요. 구석 창가 자리를 발견했거든요. 누가 먼저 앉기라도 할까 조급해진 마음에 종종걸음으로 재빨리 자리를 잡았어요. 언제나 그래왔듯 충전기를 꽂고 이어폰을 꺼내 들어 테이블 한편에, 그리고 옷가지를 의자 위에 걸쳐두며 '여기 자리 있어요.'라는 표시를 하고 나서야 안심이 되는 듯 카운터로 향했죠.

　달달한 게 먹고 싶었는데 마음에 드는 케이크가 없었어요. 입맛도 없던 탓에 샌드위치는 그닥. 여기 마카롱은 맛이 없고, 빵도 딱히. 주스 마실 바에야 음료 한 잔을 시키지 싶고, 프라푸치노는 늘 두통을 달고 오고.
라테는 텁텁하고, 티는 별로. 에이드는 탄산이 목을 더
마르게 만들 것이 뻔하고, 그냥 아메리카노나 마실까
싶은 와중에 쿠키가 보이는 거예요. 아, 근데 난 초코
쿠키가 맛있던데 그건 하필 내가 찾을 때만 없는 거죠.
그 옆에 와플 쿠키는 먹어도 먹은 것 같지가 않아서 별
로. 결국엔 늘 시키는 아메리카노 아메리카노라고 되뇌
면서도 눈은 메뉴판에서 떨어질 줄을 모르는데, 때마
침 주문하시겠어요?라는 목소리가 들려오는 거예요.
눈은 여전히 티와 블렌디드 사이 그 어느 즈음을 헤매
면서 입으로는 아이스 아메리카노 한 잔이요,라고 말해
요.

　내 차례를 기다리는 내내 왜 아메리카노를 시켰을
까 생각하게 되는 것이 아무래도 선택이 영 마음에 들
지 않았던 모양이에요. 늘 마시던 커피, 오늘도 마실
수 있는 건데.

　답답했던 가슴 깊숙이 무언가 내리꽂히는 느낌이랄
까요. 무엇 하나 마음에 들지를 않아서, 이유 없이 불
안해서, 그래서 예민해지고 때문에 짜증이 나서. 목구
멍에서부터 속에까지 온통 가시밭이 된 기분. 숨을 쉴

때마다 까슬거리는 기분이 영 거슬려서 도무지 뭘 할 수가 없겠더라고요.

커피를 받아서 자리에 꽂아뒀던 충전기에 휴대폰을 연결하고 들을 만한 조용한 피아노곡을 하나 골라보려 했어요. 이런 날엔 가사 없는 음악들이 위로가 되더라고요. 한참을 이 곡 저 곡 간만 보듯 굴다 정말 울고 싶어졌어요. 좋아하는 일 앞에서까지 길을 잃은 기분이 들었달까요. 이런 것까지도 내 편은 없는 느낌이 드는 거 있죠.

창밖에 사람 구경을 했어요. 실은 멍하니 생각에 잠기는 때가 더 많지만. 생각한다 해서 답이 나올 문제들도 아닌데, 위기와 절망과 불행을 그려내는 것은 내 고질적인 습관이라. 한참을 그러다 보면 이내 다시 멍해져요. 아무 생각도 들지가 않고, 아무 생각도 할 수가 없게 된달까.

사람이 없는 곳으로 도망치고 싶은 날이었어요. 어쩌면, 아무도 날 모르는 곳으로. 모든 게 막막하기만 하고 두려운 날이었을 거예요. 멍해지기 일쑤인 날. 할 일은 산더미인데 도통 몸도 마음도 따라주지를 않아

눈앞은 캄캄해지고 가슴 답답한, 그런 날.

눈을 감고 어느 무인도 한 가운데에 떨어진 상상을 해요. 눈앞엔 끝을 모르고 펼쳐진 잔잔한 바다가 보이는 거예요. 하늘과 바다의 경계가 불분명할 만큼 온통 파랗기만 하다가, 고갤 돌리면 짙은 녹색의 나무들이 무성하고 나는 바람 한 점 없는 곳에서 밀려왔다 밀려가는 조용한 파도 소리를 들으며 모래사장 위에 힘없이 앉아있을 거예요. 파도 소리마저 고요하게 들려올 만큼 적막한 곳에서 영영 깨어나지 않는 상상을 하는,

그런 날 있잖아요.

더는 무너질 것도 무너질 곳도 없다 생각했던
삶이 주저앉는대도 다 괜찮다고

　여기에 앉아서 보는 노을이 제일 예쁜 것 같아요,
그렇죠? 난 어렸을 적부터 노을 보는 걸 좋아했어요.
정확하게는 노을이 잘 보이는 방향에 서서 노을을 등
지고 걷다, 돌아서서 지나온 풍경을 바라보는 일을 좋
아해요. 내 지난 모든 걸음이 아름다웠다고 말해주는
것만 같아서요. 잘 걸어왔다고 안아주는 것만 같아서
요.

　종종 너무 달려가지만 말고 가끔은 멈추어 서서 주
위를 둘러보라는 말들을 주변에서 들을 수 있었어요.
삶이 너무 힘든 날이면 뒤를 돌아보라고. 힘들고 고되
게만 느껴졌던 시간들, 치워버리고 싶었던 날들, 온통
가시밭이었던 너의 길, 너 악착같이 도망치려 했던 시
간과 벗어나려 발버둥 치던 몸짓들이 제법 모양을 갖

취 반듯한 길이 되어있을 거라고. 지나올 땐 몰랐겠지만, 그래 너 많이 아팠겠지만, 그럼에도 너의 생은 이렇게 아름답다고 말이에요.

말로만 들어서는 사실 잘 와 닿지 않았어요. 말뿐인 위로 같은 느낌이랄까. 근데 이렇게 앉아서 내가 걸어온 길 뒤로 지는 노을을 보고 있으면요, 이상하게 믿고 싶어져요. 지나 온 내 걸음들이 반듯하게 길을 이루어냈을 거라고, 이 생도 나쁘지만은 않을 거라고. 그러니 지금 너 살얼음판 위에 서 있는 것 같대도, 걸음 한 번에 더는 무너질 것도 무너질 곳도 없다 생각했던 삶이 와르르 주저앉을까 두렵다 해도 다 괜찮다고. 무너져도 괜찮다고. 방향을 잃어 길이 보이지 않는다 해도, 결국은 다 제자리를 찾아 너 나아갈 수 있게 길의 모양을 하고 있을 거라고. 위로가 돼요.

집으로 돌아가는 길에 한 번씩 돌아봐 봐요. 오늘 당신의 걸음들이 얼마나 아름다운 자취를 남겼는지 알 수 있을 거예요.

한쪽 구석이 시들어간다 해서
무너질 이유는 없습니다

꽃을 좋아하게 된 지는 일 년쯤 됐을 겁니다. 누군 가에게는 꽃 한 송이도 좋은 선물이 될 수 있다는 얘기를 들은 지 근 오 년 만에 맞장구를 칩니다.

처음 좋아하게 된 꽃은 수국이었고, 거리의 꽃집마다 걸음을 멈춰 서게 만든 건 작약이었습니다. 지금도 잘은 모르지만, 꽃이라 하면 장미부터 떠올리던 때가 있었습니다. 다음으로는 튤립, 그리고 철쭉과 진달래. 문득 개나리, 곰곰이 생각하다 보면 아카시아와 국화가 떠오릅니다. 그러다 안개꽃이 유행하면서부터는 안개꽃만 좋아하기도 했습니다. 처음 좋아하게 된 꽃을 안개꽃이라 하지 않은 이유는, 정말로 꽃을 좋아했던 것은 아니었기 때문입니다. 아마 유행에 따라 흥미를 가졌던 정도의 마음이었을 겁니다.

수국을 어쩌다 알게 됐는지는 모르겠습니다. 작약은 확실히 꽃집을 운영하시는 한 사장님의 개인 SNS로부터 알게 되었습니다. 실물로 접하고부터는 틈만 나면 한 송이씩 사 누군가에게 선물하기도, 꽃병에 꽂아두는 날도 많았습니다.

작약은 물병에 꽂아 햇볕에 두면 금세 피어납니다. 처음 꽃봉오리를 보고 있노라면 절대 손바닥만 하게 피어나는 작약은 상상도 할 수 없을 겁니다. 나중에는 이렇게 작은 봉오리 안에 이 많은 꽃잎이 다 담겨 있었다니, 경이롭다는 말이 절로 나오게 될 정도니까요. 어느 순간 활짝 핀 작약을 보면 수십 장의 하늘하늘한 꽃잎들이 마치 봄바람을 머금고 있는 것도 같았습니다. 하루가 다르게 피어날 것만 같았던 꽃잎이 말라가는 것을 발견했을 때, 한 장 두 장 떼어내고 있자면 마른 갈색으로 변해버린 모습은 신기하기도 합니다.

꽃을 자세히 들여다보면 어느 한순간도 아름답지 않은 날은 없다는 사실을 알게 됩니다. 봉오리부터 활짝 피어난 순간은 말할 것도 없고, 시들어가는 날에도 그 자체의 분위기를 저는 무척이나 사랑합니다. 꽃잎은 떨어져도 아름답고, 그 자리에 말라버려도 눈에 담아두고 싶어집니다.

사람이나 생을 꽃에 비유하는 말 저도 자주 하곤
했었습니다. 머지않아 피어나리.와 같은 말들 말입니다.
그러나 꽃을 좋아하고 나서부터는 피어나지 않아도 그
자체로 아름다울 수 있겠다는 생각이 듭니다. 때맞춰
피어나도, 긴 우기에 혹은 가뭄에 시들어버려도 변함없
이 아름답다고. 그러니까, 피어나지 않았다 해서 보잘
것없는 꿈은 없고, 조금만 인내하고 기다린다면 반드시
그 자리에서 생은 피어날 거라고.

긴 밤이 되더라도 하룻밤 새에 활짝 만개하는 것이
우리의 꿈이자 생이 되겠습니다. 한쪽 구석이 시들어간
다 해서 무너질 이유도 없고, 늘 가장 깊숙한 내면에는
처음과 같은 꽃봉오리가, 언제든 피어날 수 있는 아름
다운 꽃 한 송이가 있다는 것을 기억한다면.

잘 된 이별이기를 바랐다

　악몽을 꿨다고 했다. 바빴는지 노트에 무언가를 열심히 끄적이던 당신이 '별 꿈을 다 꾼다.'라며 대충하던 대답에 우리의 이별이 머지않았음을, 나는 정말 몰랐을까.

　그 입에서 무슨 말이 나올까. 떨구어진 시선은 갈피 잃은 미안함일까. 당신은 지금 무슨 생각을 하고 있을까. 자꾸만 마른 침을 삼키는 듯한 저 입은 아무래도 진심을 둘러쌀 적당한 핑계들을, 여러 거짓을 준비하는 모양이었다. 참으로 요란한 정적이 아닐 수가 없다.

　불편한 공기가 느껴졌다. 묘하게 붕 떠 있지도, 아주 가라앉지도 않은 듯한. 중간 어디쯤에 분산되어 온몸의 신경을 곤두세우게 만드는 기분 나쁜 공기. 그 속에서도 나는 생각보다 담담하였다. '그래.', '그러자.'와 같

은 간결하면서도 감정을 많이 드러내지 않고 할 수 있
는 대답을, 좀 더 정확히는 목이 메이지 않고 자연스럽
게 한 호흡으로 끝맺을 수 있는 말을 곱씹던 참이었다.

- 있잖아,

있잖아. 어디선가 본 적이 있다. 한국인들 대다수가
무슨 말을 꺼내려 할 때면 '있지-', '있잖아-', '아니-'
와 같은 말들로 시작하지 않고서는 말을 꺼내지 못한
다고.

- 우리,

응, 우리.

한 번쯤은 들어보거나 읽어봤을 법한 말. 우리, 하고
입가를 한참 머무는 숨에 '이제 그만 하자.', '헤어지자.'
와 같은 뻔한 말들을 떠올렸다. 더불어 미리부터 곱씹
던 말들을 이어 붙여 어울리는 대답일까에 대하여 생
각했다.

- 그만 만나자.

'응'이었는지 '음'이었는지. '어'를 발음하려다 제때에
떨어지지 못한 입술 탓이었는지. 긍정도 부정도 아닌
애매한 소리가 터져 나오고 말았다. 어색해진 분위기에
'어?'라며 재차 되물은 꼴이 된 것은, 못 견디겠다는 듯

구태여 헤어지잔 말을 꺼낸 당신을 마주한 다음이었다.

  - 그래. 그러자.

그제야 숨이 조금 트이는 것도 같았다. 당신의 숨이.

해야 할 일을 다 해낸 기분이었을까. 후련했을까. 그랬겠지. 그 소심한 성격에 얼마나 오래 참아왔을까.

당신은 먼저 일어서기를 머뭇거리는 듯했고, 나는 자리를 떠날 생각이 없었다. 우리 수년을 만나왔지만 헤어질 때 누가 먼저 가자는 순서를 정했던 적이 있었던가. '나 먼저 가 볼게.'보다는 '그만 일어날까?', '어디로 가?', '바래다줄게.'와 같은 말이 버릇된 탓이겠다.

드르륵- 소리를 내며 의자를 밀어 일어섰다. 헤어진 지 얼마나 됐다고 당신을 부르기가 겁이 나, 나 좀 봐 달라고 평소 같으면 조심히 들어 올려 빼내었을 의자를 일부러 앉은 채 힘주어 일어났다. 당신에게서 마지막까지 미안하다는 말이 나오는 것을 원치 않았기에. 내가 먼저 나서면 적어도 의미 없는 미안하다는 말은 피할 수 있을 것 같다는 느낌이었다.

언젠가 양손으로 쓰다듬어보고 싶다던 얼굴을 또렷이 마주했다. 지금이라도 손을 뻗어보자니 이미 늦었다는 사실은 불가피했지만.

무작정 길을 따라 걸었다. 초록 불이 켜졌길래 길을
건넜고, 골목이 오른쪽으로 꺾이길래 따라서 방향을
틀었다. '잘 지내.' 끝내 전하지 못함으로 벌써부터 응
어리진 미련을 안고 한참을 걷고 또 걸었다.

단 한마디의 말로 우리는 남이 되었다. 누가 그랬던
가. 이별은 허무한 것이라고. 아픔, 슬픔 그런 거 다 말
고. 이별은 참으로 허무한 것이라고. 지난 모든 게 아무
것도 아닌 것이 되는 기분이, 다정히 내 사람이라 불리
었던 사람을 더는 무어라 부르기도 어려워지는 그 한
순간이. 오늘 아침까지만 해도 당신이 추억을 곱씹으며
행복했다면, 저녁에는 그 추억을 붙들고 눈물짓는 일이
전부인 것이 이별이라고. 삶의 구석구석 물들어 있는
흔적들을 보고도 더는 아무 말도 할 수가 없게 된다고.
그 많은 시간이 다 의미가 없어진다고. 그래서 참으로
허무하다고.

당신에게는 잘 매듭지어진 이별이었을까. 아무래도
내겐 급하게 묶어버린 서툰 이별인 것 같다.

괜한 자존심에 꽉 조여버린 흔적이 선명하니, 참아

낸 상처들이 여실히 느껴지는 것이 두고두고 아프겠다.

참으로 잘 된 이별이기를 바랐다.

내가 사랑하는 눈이 남겨질 나를 불쌍히 여기는 것
이 싫어서. 나를 안쓰러워하는 손길마저 다정한 것이
싫어서. 당신에게는 차라리 잘 된 이별이기를 바랐다.

변함없는 애정과 다정함 속에서도
기회를 잃어버린 말들이 많습니다

　　말로 생긴 상처 같은 거 눈 감으면 사라지는 줄 알
았던 날들도 있었습니다. 분명, 사라진 것들도 있을 겁
니다. 그렇지만 많은 이들이 알듯, 같은 자리에 난 상처
는 쉽게 아물지 않습니다. 참아내는 행위는 반창고가
되어주지도, 없던 일이 되게 해주지도 않으니까요. 못
들은 척을 해봐도 한번 뇌리에 박혀버린 목소리는 잔
해처럼 뒹굴 뿐이었고, 생채기 가득한 마음은 발아래
에서 보잘것없이 추락하기를 반복했습니다.

　　언제든 뱉을 수 있는 말이지만, 때를 놓쳤다는 이유
만으로도 상처가 되어버리는 말들이 있습니다. 어떤 말
은 이미 늦었고, 늦은 위로는 종종 상처를 품고 있었습
니다. 고장 난 마음이 버텨볼 여력을 잃는 데까진 그리
오랜 시간이 걸리지 않을 겁니다. 모든 게 제 잘못으로

돌아오는 것은 순간일 테죠. 아니라 믿고 싶었던 것들을 또렷이 마주하게 된다는 거. 그 어디에도 진실은 없으나, 자책하게 된다는 거. 괴로운 일입니다.

여전히 우리이고 모든 것은 제자리에 있지만, 변함없는 애정과 다정함 속에서도 기회를 잃어버린 말들이 많습니다. 누구도 알 수는 없는 일이나, 누군가에게는 분명 상처가 되었을 수도 있는 일입니다. 말 한마디로 천 냥 빚을 갚는다 하지 않습니까. 고맙다는 말 미안하다는 말 고생했다는 말 수고했다는 말. 혹시 아나요, 다정한 말 한마디에 온통 회색빛이던 하루 끝에서 마음 놓고 울어라도 볼지. 누가 아나요.

마음과 비슷한 온도의 말이나
행동들이 위로가 된다

요즘엔 그런 말이 위로가 되더라고요.

"그럴 수도 있지. 괜찮아."

내 얘기에 나보다 더 슬퍼해 주고 화내주면서 공감해주는 것도 좋고, 어떡하냐며 걱정을 해주는 것도 좋지만. 묵묵히 내 얘기 다 들어주다가 "그럴 수도 있지. 괜찮아."라며 무심한 듯 다정하게 한마디 해주면 그게 그렇게 위로가 되더라고요.

냅다 소리를 지르고 싶을 만큼 화가 날 때도 있고, 마치 물 먹은 바위를 안은 듯, 이 무거운 마음을 아무리 쥐어짜내도 끝이 없을 만큼 울고 싶은 날도 있어요. 또 어느 날에는 눈물은 안 나오는데 종일 울고 있기라도 한 듯 우울하기도 하고요. 그런데 그런 날이면 꼭 감정을 마구 쏟아내며 누군가에게 털어놓을 수도 없을 만큼 지쳐있기도 한 것 같아요. 그래서 그런가, 이런 나를 좀 안정시켜줄 수 있는 말. 담담히 삼켜 내거나, 꼭 쥐고 있던 감정들이나 생각들을 조금씩 놓이게 해주는 말이 위로가 되는 것 같아요. "그래. 그렇지."라며 한숨 한 번 쉬어보는 것만으로도 마음이 조금은 편안해질 수 있는 그 정도.

비슷한 온도의 말이나 행동에 위로를 받는 것 같아요. 내 감정이 너무 과할 땐 막 맞장구쳐주는 그런 위로가 좋고, 한없이 가라앉아 있을 땐 또 담담히 끄덕여주는 정도의 위로가 좋고.

아직은 늦지 않았기를

그리워 추억을 뒤적이고,
보고 싶은 얼굴에
소매 끝으로 젖어 드는 눈가를 문지르던 순간에도.
자꾸만 울컥거리는 마음 쏟아낼 곳이 없어
누구에게도 읽히지 못할 편지를 써 내려가던 날에도.
일 년에 한 번 당신의 생일날
축하 문자를 보내던 진심에도.

늦지 않았기를,
아직은 잡아볼 수 있는 마음이기를
바라고 또 바랐습니다.

잘 살고 있어요, 우리

안녕, 오늘 정말 힘든 하루였죠.

나 아침에 눈 뜨이자마자 다시 이대로 잠에 들어 영영 밤이었으면 좋겠다고 생각했어요. 아무리 잠을 자도 덜어지지 않는 피곤함에 하룻밤 새 더 무거워진 몸을 이끌고, 누군가에게는 이미 시작되었을 하루에 내가 늦은 건 아닐까 조바심이 나, 서 있기도 힘든 것을 뛰어갔다니까요. 한편으로는 이렇게까지 살아야 하나 싶기도 했어요.

몸이 욱신거리는 탓일까요. 나 너무 지쳐버린 걸까. 단순히 울고 싶다기보다는 서러운 것에 가까웠어요. 그냥, 그냥 너무 서러워서 누구에게라도 안겨 펑펑 쏟아내고 싶은 거 있죠.

세상이 이렇게 시린 줄도 모르고 옷을 얇게 걸쳤더니 해가 채 뜨지도 않은 시간부터 집에 돌아올 저녁 길이 걱정됐어요. 삶의 사소한 부분들까지 버텨낼 자신이 없으니까, 걱정거리가 산더미처럼 불어나더라고요.

정말, 그래요. 당연하거나 별거 아니게 여겼던 것들이 하나둘씩 눈에 보이기 시작하고, 곱씹게 되고. 어느 순간부터는 일이라 부르게 되더니, 작은 실수에도 성이 나고 조금만 틀어져도 우울감이 밀려오는 거예요.

알겠지만, 이미 악화되어 버린 것을 돌이키기란 쉬운 일이 아니에요. 특히 마음이요. 툭하면 고장 나는데, 고치는 방법도 잘 모르겠고 원래대로 돌아오기까지 시간도 오래 걸리고. 좋은 일이 생길 거라는 것도, 좋은 하루가 될 거라 다짐하면 정말 좋은 하루가 올 거라는 것도. 내 마음 다잡고 털어낼 힘이 있을 때나 통할 소리였나 봐요. 그쵸.

지친 마음에는 위로가 와닿질 않네요. 마음이 그 위로를 받으려 하지도 않고, 무언가를 담아내고 싶지도 않아 하는 것 같아요. 마음에 여유가 없거든요. 제아무리 좋고 예쁜 것이 보여도 다 성가시고 버겁게만 느껴진다면 대개는 이런 이유였던 것 같아요.

내 하루는 고작 한두 가지 일이 일어나는 게 전부일 만큼 뭐가 없어요. 정말로요. 누군가에게는 너무 쉬워 보이는 날들일 수도 있겠고, 나도 알듯 어디 내세울 만큼 대단히 벅찬 하루도 아니지만. 고작 이런 하루에도 지쳐 쓰러지는 날이 있어요. 그래서 가끔 다른 사람들 살아가는 거 보면은요, 내가 너무 약한가, 이런 것에 힘들다고 말할 자격이 있을까 싶어지기도 하더라고요.

그래도, 그럼에도 지칠 수 있어요. 그쵸? 벅찰 수 있고, 힘겨울 수 있고, 세상에서 가장 무거운 짐을 얹고 달리는 기분일 수도 있는 거예요. 세상에서 내가 제일 힘든 거 같고, 내가 제일 불행한 거 같고. 그럴 수도 있는 거예요. 내 삶이잖아요. 그 누구의 삶보다도 내 삶이 가장 아름답다면, 한편으로는 가장 안쓰러울 수도 있는 거라고 생각해요. 나 아니면 누가 나만큼 내 삶을 걱정해주겠어요.

혹시라도요, 지친 하루를 보내다 자신에게 실망하고 있다면, 그건 당신이 약해서가 아니에요. 그럼에도 살아가는 당신은 누구보다도 단단한 사람이에요. 강하지 않아서 쓰러지는 것도 아니고 무너지는 것도 아니에요. 이 세상을 다 버텨낼 만큼 강한 사람이 어디 있겠어요. 모두들 그렇게 조금씩 흔들리고 무너져가며 다시, 또다시 살아내는 거 아니겠어요.

힘들 수 있어요. 지치고 버거운 것이 당연해요. 누구도 당신이 안고 있는 짐의 무게를, 마음의 무게를, 꿈의 무게를 함부로 가늠하여 헤아릴 수는 없다고 생각해요. 누구보다 덜하다고 말할 수도 없고, 당신이 지쳐가는 것에 그 누구도 자격을 논할 수 없어요. 각자가 겪고 있는 상황도 모두 다를 뿐더러, 그 안에서 자신의 삶을 지켜낸다는 게 결코 쉬운 일이 아님을 우리는 알잖아요.

잘하고 있어요. 삶을 지켜내는 것이 쉬운 일은 아니라 했지만, 하루를 살아냈다는 게 결국 지켜내는 것이라고 생각해요 나는.

잘했어요 오늘도.
잘하고 있고, 잘 살고 있어요 우리.

고생 많았어요.
언제 어디에서든 항상 좋은 날에 살아요.

좋은 기억이었으면 해요, 내가

내가 당신에게서
무뎌지지 않는 기억이었으면 좋겠어요.

그래서 아주 사소한 것에서부터
단숨에 당신의 마음을 울릴 특별한 것까지,
당신의 세상에 있는 것이라면
모두 나를 떠올리게 했으면 좋겠어.
코끝이 시큰해져 오는 슬픔에서부터
마음 마를 날 없는 슬픔까지,
미소 짓게 되는 기쁨에서부터
구름 위를 걷는 듯한 행복까지.
전부 내가 묻어났으면 좋겠어요.

내가 그만큼 당신에게 특별했으면 좋겠고,
언제든 돌아가 찾고 싶어지는 인연이기를 바라요.
당신이 나에게 그렇듯,
나도 당신에게 그런 사람이었으면 좋겠어요.

꽃이 피고 지듯이,
계절이 물들어가고 돌아오듯이

세 번째 이야기.
우리의 지난 모든 경험은 아름다웠기에

우린 어쩌면 필요 이상으로 많은 것들을 쥐고 살아
가려 하는지도 모르겠습니다.

살다 보면 반드시 무언가를 놓아야만 하는 순간이
찾아오잖아요. 그게 꿈이든, 사람이든. 잊힐 법하면 아
쉽고, 그립고. 흐려질 때쯤 생각나고, 돌아서려 하면 미
련이 남고. 포기하려 하면 할 수 있을 것 같고, 지금까
지 해온 게 아깝고. 이제 그만 놓으려 하면, 언젠가 이
순간을 후회할 것 같고. 그래서 쉽지가 않죠, 놓는다는
것이.

이 말들이 위로가 되었음 좋겠네요. 모든 건 흐르는
것이라고 생각해요. 강이 흘러 바다로 나아가듯, 시간
이 흘러 생이 물결치듯 말이에요. 그러니 당장 지나쳐
야만 하는 것에 너무 아쉬워도 말고 슬퍼하지도 않았

으면 좋겠어요. 정말 내가 해야만 하는 것이고 함께여야만 하는 사람이라면, 흐르고 흘러 다시 만나게 될 거라 믿어요. 꽃이 피고 지듯이, 계절이 물들어가고 돌아오듯이.

괜히 울고 싶어지는 날이면
다 내 잘못 같고 그래

　나 요즘 사소한 것에도 마음이 상해. 그래서 남한테
서운하다기보다는 나한테 실망을 해. 다 내가 못난 탓
이지, 그래. 한두 번 겪는 일도 아니고 툭 툭 털어버릴
줄도 알아야지, 마음에 담아둬서 좋은 것도 없는데. 알
면서도 그게 안 되니까 더 미워, 내가. 마음도 생각도
복잡해서 혼자 있고 싶은데, 혼자가 되고 싶지는 않나
봐. 누가 내 안부 좀 계속 물어봐 줬으면 좋겠다. 밤마
다 귀찮다 싶을 정도로 매일 전화도 걸어 줬으면 좋겠
다. 그래 주는 사람들 있었는데 다들 각자 사느라 바빠
서 연락이 꽤 줄었거든. 이렇게 된 데에는 나도 한몫했
는데 이게 또 속이 상해. 웃기지. 그 사람들도 똑같이
서운했을 수 있는 일인데. 매일 벌을 받고 있나 싶어.
내가 그때 모질게 대해서 이런 벌을 받나, 내가 그때 못
나게 굴어서 이렇게 벌을 받는 건가, 그래. 이를테면 오

늘 같은 날. 한동안 카카오톡 같은 거 잘 안 들어갔거든. 쌓인 연락들이 꽤 있는데, 내가 이렇게 말도 없이 숨어버리고 사람 기다리게 해서 지금 뻗은 손 잡아주는 사람 아무도 없는 건가 하는 생각이 드는 거야. 응? 경아. 다 내가 잘못해서, 내가 잘못돼서 이런 일들을 겪고 있는 거지. 속상해할 자격 같은 것도 없는 사람이잖아, 나.

원래 같았으면 울어도 괜찮다며 안아줄 사람을 찾았을 텐데, 요즘엔 울지 말라는 말이 그렇게 듣고 싶다. 너 겨우 이런 거에 무너지냐며 옆에서 막 다그쳐줬으면 좋겠어. 다정하고 애매한 위로 같은 거 이젠, 나야 어떻게 되든 남이니까 상관없다는 것처럼 들려서. 다 괜찮다고 말하면서도 정작 내 속이 어떤지는 아무도 묻지를 않잖아. 차라리 아무것도 모르고 다그치는 표정에서 걱정 어린 진심에 위로받는 일이 조금 더 나를 알아주는 것 같고 내게 아무 일도 일어나지 않은 것 같더라. 하나둘 망가져 가고 곪아가는 날들 속에서 누군가는 평소처럼 굴어줬으면 좋겠다는 말이야. 이기적이지만 경아, 정말로 그래. 내 빈자리에 상처받은 누군가에겐 미안한 일이지만, 구멍 나고 변해가는 일상 속에서

누군가는 그 자리 처음 내게 스며든 그 순간처럼 살아
가고 있어 줬으면 좋겠어. 변함없는 것들, 한결같은 것
들. 내게도 있을까, 그런 것들이. 이런 바람도 죄가 될
까, 경아. 이미 많은 것들을 지켜내지 못했다는 것만은
아는데.

멀수록 간절하고 가까울수록
애가 타는 얼굴들이 있습니다

보고 싶은 사람이 많은 날이면
허기진 마음을 안고 잠에 듭니다.
허기진 마음은 무엇으로도 달랠 수 없음을 알면서도
가끔은 배가 고픈 것으로 착각을 해
음식을 먹고는 합니다. 입맛이 없어도 먹습니다.
속이 더부룩해지는 줄은 나중에야 알아서 끝내
속을 비워내고 한껏 오그라든 몸을 이끌며
도로 침대에 눕습니다.
침대보다는 딱딱해서 포근함을 모르고,
더 넓게만 느껴지는 공간에 숨통이 트이는 것
같을 때도 있어 그렇습니다.
꽉 막힌 코와 까슬한 목 그리고 마르지 못한 눈물이
허기진 마음의 흔적이 되었습니다.
온갖 아픈 것들을 껴안고 눈을 감으면
손에 꼽히는 얼굴들이 몇 있습니다.
멀수록 간절하고, 가까울수록 애가 탑니다.
나는 할 수 있는 게 아무것도 없습니다.

잘 자요
당신에게 따뜻한 어둠이 됐으면 좋겠어요

나 요새 꿈자리가 사나워요. 오늘은 잠깐 낮에 눈
좀 붙인다며 한 시간 정도를 잤는데, 그 사이에 네 번이
나 쫓기는 꿈을 꾼 거 있죠. 중간에 한 번은 가위에 눌
려 통증이 이만저만이 아니에요. 기분이 우울하거나 심
하게 무기력해질 땐 생활 패턴을 되찾으라 하잖아요.
그중 가장 기본적인 게 잘 먹고 잘 자는 건데, 건강이
무너지고 급격하게 피로가 쌓여도 같은 말들을 하더라
고요. 쉬워 보이고 쉬우면서도 어떨 땐 마음을 먹어도
한 번 챙기기가 어려운 것들인 것 같아요. 아프지 말고
잘 자라고요. 입맛 없어도 건강 해칠 만큼 굶지는 말라
고. 잘 먹고 잘 자는 패턴이 생각보다 지켜지기 어려운
일이라는 걸 알고 나서는 잘 자라고 잘 챙겨 먹으라고
말해주게 돼요. 잠 한숨도 못 이루는 날에 누가 잘 자
라고 말해주면 잠은 못 자도 마음은 괜히 풀어지더라.

잘 자요. 당신에게 따뜻한 어둠이 됐으면 좋겠어요.

부디 그 겨울은

선생님, 겨울이 또 왔습니다. 저는 이상하게 겨울만
되면 많은 연을 잃고 또 많은 연을 곁에 두게 돼 심적
으로 지치고 혼란스러운 상태에 머무르게 됩니다. 제
가 겨울에 태어나서 그런 걸까요. 요즘엔 별자리나 사
주에 관심이 많아졌는데, 통 긍정적인 말들만 보여 믿
을 수가 없습니다. 좋은 인연이 많이 올 거라는 말 분명
틀린 말은 아닐 거라는 것을 이미 몇 번의 겨울을 통해
알고 있습니다만, 그만큼 소중했던 사람들이 떠나갈 것
이라는 것도 저는 모르지 않습니다. 이미 몇몇은 소리
없이 떠나갔습니다. 또 몇몇은 온 줄도 모르게 언제부
턴가 곁에 있습니다. 누가 내 사람인지, 사람을 보는 내
마음은 어떤지, 누군가를 받아들이고 떠나보낼 준비가
되어 있는지. 저는 아무것도 모르겠습니다. 한 번 크게
방황했던 이후로는 마음이 길을 잃는 것이 가장 두려
운 일이 되었는데, 어김없이 초겨울부터 길을 잃어 무

너지기를 기다리게 됩니다. 지금은 조금 많이 울고 싶은데, 꼭 이런 날이면 사람을 붙잡고 엉엉 울고 싶더랍니다. 참아내는 중입니다.

만약에라도 구겨지는 얼굴을 어쩌지 못해 이 자리에서 울게 된다면, 몸이 찢어지게 아픈 탓이라 하겠습니다. 네, 선생님. 오늘은 몸이 심하게 좋지 않습니다. 마음에서 온 병인지, 몸이 아파 마음이 버티지를 못하는 것인지는 알 길이 없어 제대로 된 약 하나 챙겨 먹지를 못했습니다. 선생님, 요즘엔 버거운 것들도 서러운 것들도 많습니다. 마음이 길을 잃었다고 했는데, 암흑 속에서도 어떻게든 살아 보겠다고 휘청거리는 기분입니다. 다 제 욕심이겠죠. 뭐라도 좀 놓으면 살만해질까요.

멈춰선 걸음보다 나아갈 때가 더 시린 계절이 돌아왔는데. 먼저 안부부터 여쭙지도 못하고, 면목이 없습니다. 겨울 스포츠를 좋아하신다며 딸아이가 조금 더 크면 같이 갈 거라 하셨던 게 기억이 납니다. 그때가 벌써 2년, 아니 3년 전이네요. 그때나 지금이나 겨울이면 다정한 웃음소리가 유독 푸근해 좋다던 말씀이 마음에 남습니다. 부디 선생님의 겨울은 그렇게 오래도록 다정하고 따뜻했으면.

잠시 동안이라도 고민은 없길 바라요

어떻게 얘기를 꺼내면 좋을까요. 가끔은 이유 없이
눈물이 왈칵 쏟아진다고 해야 할까요. 아주 울게 되진
않는데, 영문도 모르고 쏟아지는 눈물에 잠깐은 울상
을 지을 수밖에 없다고요. 내가 전에 얘기한 적 있죠,
솔직해지려 할 때마다 눈물이 난다고. 내 마음을 설명
해야 하는 상황을 마주하는 게 힘든 이유가 바로 그것
때문이라고.

이상해요 요즘은. 잔잔하다가도 훅 가라앉고 그래.
심장이 떨릴 만큼 우울하다가도 멍하니 떠 있는 것 같
은 게, 평정을 유지하는 것 같다가도 한순간 깨져버릴
것 같은 기분이에요. 말하고 싶었어요, 누구에게라도
요. 오늘 연락을 주고받은 사람들은 전부 바쁘단 말뿐
이었거든요. 단마디로 끊기는 연락들에 용기 내 건네

본 손이 뚝 뚝 잘려 나가는 기분이었는데, 이런 날이면 꼭 숨어야만 될 것 같고 나는 또 우울해질 테니까. 하루 끝에서까지 아파 버리면 밤마다 꺼내 볼 수 있는 희망이 한 움큼씩 줄어드는 것 같아서 되도록 탈 없이 잠에 들 수 있게 해달라고 빌어요. 별일 없이 고요하게 이 시간이 지나갈 수 있게 해달라고 말이에요.

그러니 잘 자요. 아프지 말고 잠시 동안만이라도 견뎌내어야 하는 것들에 대한 고민은 없길 바라요.

괜찮다 아무 일도 없을 테니

늘 걱정이 앞섰잖아.
실은 다 이겨낼 수 있는데 말이야.
별일 없을 거라는 것도,
눈 깜빡하면 다 지나갈 거라는 것도,
큰일이라 해봤자 내 삶이 무너질 정도의
큰일은 아닐 거라는 것도 전부 알고 있었잖아.
그래도 내 일이라고 걱정이 되었던 거야.
이젠 알잖아. 아무 일도 일어나지 않아.
하루가 지나간다는 거 생각보다 빠르잖아.
제아무리 소란스러운 하루였더라도
해가 꺾이고 밤이 넘어갈 즈음이면
금방 고요해지는 것이 삶이잖아.

그러니 괜찮아. 아무 일도 없을 거야.

좋은 삶이 되었으면

어젯밤 꿈에 그 사람이 나왔어요. 오랜만이면서도 이렇게까지 생생할 일인가 싶은 거 있죠. 여름을 넘실거리게 하던 얼굴 다 잊은 줄로만 알았는데. 꿈에서 깨고 나서도 방금 본 사람처럼 한참을 또렷하게 남아있는 얼굴에 정말 다행이었어요. 실은 많이 그리웠거든요. 서로가 없는 동안 그 사람에겐 그 사람만의 삶이 생겼을 테니 우연이라도 마주치기를 바라진 않았지만 보고 싶은 날들도 없진 않았으니까.

왜 살면서 버틸 수 있게 해주는 기억 하나씩은 갖고 산다고들 하잖아요. 저한텐 그 사람이 그런 기억이거든요. 수없이 되감아도 무뎌지지 않는 감정들, 몇 번의 계절이 흘렀는지 손꼽아 세어볼 순 없지만 여전히 다정한 추억들. 그때나 지금이나 나를 행복하게 해주는 건

변함이 없는 사람이에요, 나한텐. 그래서 한참 시간이
지나도 고마울 수밖에 없는 사람인 것도 같아요.

　어디서든 어떤 모습으로든 잘 지냈으면 좋겠어요.
좋은 삶이 되었으면 해요.

좋아하는 것이 없어도 괜찮다

　요즘 내 불행은 내가 좋아하는 것들을 즐길 수 없게 된 것이에요. 그것들은 더 이상 나를 행복하거나 즐겁게 만들어 주지 않아요. 슬프게도 그래요. 정말 괴로운 건, 어떻게 즐기는 거였는지 생각이 안 난다는 거예요. 난 평소에 영화나 드라마를 즐겨 보는데, 얼마 전엔 좋아하는 영화를 한 편 틀어놓고선 '영화를 어떻게 보는 거였더라.' 같은 생각을 했어요. 그럼에도 그것들을 좋아했던 것들이라 부를 수 없는 이유는, 싫증을 느끼는 것이 아닌 무엇으로도 채워질 수 없는 허기를 느끼고 있기 때문이에요.

　내 마음은 원하는 것이 많아요. 그게 무엇인지는 모르겠지만, 늘 무언가 충족되지 못한 채 어딘가 불만족스러운 상태에 달해 있다는 것만은 알아요. 괴롭지만 새로운 것을 찾아 나설 힘은 없어요. 사실 이젠 내가 뭘 좋아하는지도 모르겠고 무엇이 하고 싶은지도 모르겠어요.

주변에선 조금 쉬어 가라고 하지만 그게 과연 좋은 선택일지 모르겠어요. 되려 덩그러니 남겨지는 기분만 들 것 같아서요. 그만 외롭고 싶어요. 마음 쏟을 곳도 없는 마당에 혼자이고 싶지 않아요, 나.

취미가 다시 생겼으면 좋겠어요. 내가 좋아하는 것들이 다시 나를 즐겁게 해줬으면 좋겠어요. 가끔은 이게 사랑받는 것보다도 어려운 일인 것 같아요. 좋아하는 것들을 몇 개 잃으니까 이젠 내가 뭘 할 수 있을까 싶은 거 있죠. 좋아하는 게 있다는 거, 그것만으로도 나는 조금 위로받고 있었는지 모르겠어요.

좋아하는 게 뭐냐고는 묻지 않을게요. 오늘은 그 질문이 나를 꽤 곤란하게 만들었거든요. 있죠, 꼭 무언가를 좋아해야만 하는 것도 취미가 있어야만 하는 것도 아니지만, 나는 당신이 뭘 해도 재미가 없어서 우울한 날들보다는 별건 아니었지만 즐거웠던 날들에 있기를 바라요. 무기력해서 괴로웠던 날보단, 무기력했지만 잘 흘려보낸 하루 같은 거. 다 못나기만 했던 하루에 너무 아파하지 않았으면 좋겠다고요. 또 금방 기댈 곳은 생길 테니까. 마음 둘 곳은 언제나 곁에 있는 법이니까.

당신의 이름으로

　이별에 오랜 준비가 필요할 것 같아. 당신이 많이 슬퍼하지 않게. 나를 그리워하더라도 조금만 울다 다시 밝게 웃으며 살아갈 수 있게. 잊는다는 건 기억의 침묵일 뿐 완전히 지워지는 것이 아님을 이젠 우리 알기에 당신은 잊으려 노력하지 않을 테니, 문득 떠오를 기억들이라도 서로에게 행복뿐이었던 기억들일 수 있게 우리 좋은 날들도 많이 보내야 할 거야. 그러니 지금부터라도 다시 행복해 보기로 해.

　내 걱정은 마. 더는 슬프지 않을 거야. 당신을 위한 긴 이별을 준비하기로 마음먹을 때까지 나는 다 아팠으니까. 어느 순간 떠나야겠다고 생각하니 편했어. 원망하지도, 미안해하지도 말자. 서로의 생에 처음뿐인, 처음뿐일 한 사람이었기에 낯설고 서툴렀음을 이해하는 거야.

당신에게도 새봄이 올 거야. 내 겨울이 당신을 끝으로 져버릴 것처럼.

조금만 울다 오롯이 당신만을 위하는 삶으로 돌아가 행복해야 해. 아프면서까지 희생하지 말고, 하고 싶은 거 하면서 그렇게 살아.

추억과 현실, 그 경계가 허물어진 틈에서
당신을 기다리고 싶어지는 날이 있다

　혼란스러웠던 것 같아. 원래대로 돌아가면 된다는 말이 방향을 제시해주기엔 이미 지난 내 삶까지 물들어버린 것들이 많았으니까. 신기하지. 서로가 없던 시간을 소소한 얘깃거리 삼아 주고받던 문장들만으로도 함께였던 것 같은 착각이 일더라. 어느 것이 상상이고, 어느 것이 진짜 추억인지, 그 경계가 허물어져 이젠 정말 알 수 없게 돼 버린 것들도 많아. 가끔은, 그 틈에서 널 기다리고 싶어져. 네가 돌아와 주길 바라는 마음보다는 익숙한 자리가 그리워져서. 널 기다리다 보면 그날로 돌아간 것 같은 기분이 드는 게 위로가 돼서. 네가 있어야 할 자리 그리고 내가 있어야 할 자리, 지금은 우리 많이 다른 곳에 있지만, 추억은 언제나 한 곳에서 모인다는 게 널 기억하고 싶게 만들어. 고맙단 말을 하러 왔어. 비록 돌아갈 자리는 없었지만, 덕분에 언제든 위로받을 수 있는 추억이 생겼다고. 덕분에, 언제든 돌아갈 수 있는 자리가 내게도 생겼다고. 그래서 고마워. 고마웠어.

너무 아프지만은 않았으면 좋겠습니다

　다들 너무 아프지만은 않았으면 좋겠습니다. 요즘은 날이 자주 맑은데 그런 하늘을 보고도 왠지 비가 내리고 있는 것만 같은 착각이 입니다. 여러 차례 경험을 통해 나는 꼭 울고 싶게 먹먹해지는 날이면 무거운 한숨에 숨이 짓눌릴 만큼 우울해하는 것밖엔 방도가 없다는 걸 알고 있습니다. 그리고 이런 날엔 뭘 해도 내가 초라하고 불쌍해서 많이 주눅도 듭니다. 위로가 필요한지는 모르겠습니다. 어디 기대고는 싶은데 괜찮을 거란 말이 듣고 싶진 않습니다. 그냥 조금 울고 싶을 뿐입니다. 아무렇지도 않게, 아무렇지도 않아 보이게 울 수 있었으면 좋겠습니다. 어떤 모습은 생각만으로도 나를 초라하게 만들어서 늘 어설프게 슬퍼하고 어설프게 아파했거든요.

난 우리가 잘 지내지는 못하더라도 나쁘지만은 않은 날에 있을 수 있기를 바랍니다. 괜찮을 것까진 아니어도 그럭저럭 견딜만한 날들이었으면 좋겠습니다.

기댈 수 있는 사람, 그거면 됐다

힘들다며. 요즘 어떻게 지내? 별일 있지는 않고? 네가 정말 괜찮은가 나는 그거 하나만 알면 되는데 넌 늘 힘들다는 말만 남기고 사라져서 걱정이 많아.

나 너한테 힘들 때만 찾게 되는 그런 사람이지, 그치. 알게 모르게 느끼고 있었어서 기분이 나쁘다든가 하는 일은 없어. 그냥, 힘들다는 말에 별일 없냐며 괜찮냐며 안부를 물을 때마다 네게선 계절이 지나도록 답이 없는 탓에 나는 매번 벽을 두고 너는 어디쯤 있겠구나 싶은 마음이 들어서. 혹시 너는 내게 힘들다는 말 한마디 남기고 떠나가도 그 마음이 다 괜찮아지는 건가 싶어서. 그래 어떻게 다 설명할 수 있겠어. 그냥이라는 말로도 담아내기 힘든 일들은 있는 법이니까. 이유없이 찾아드는 괴로움처럼 그런 거겠지.

　넌 한참 또 말이 없겠지. 좋은 사람 곁에서 잘 지내다가 괴로워지면 다시 나를 찾아오겠지. 내가 너한테 대단히 좋은 사람이나 같이 있으면 웃게 되는 사람까진 아니어도, 힘들 때면 생각나는 사람 정도는 되는 거겠지. 힘들다는 말 눈치 볼 것 없이, 감싸고 포장해서 척할 것도 없이, 편하게 뱉어볼 수 있는 사람은 되는 거겠지, 그래 그거면 됐다.

고맙다는 말을 전하고 싶습니다

어제는 5월 31일이었습니다. SNS에는 5월의 마지막 날을 기념하는, 기억하는 사진들이 유독 많이 보였습니다. 글과 그림부터, 친한 지인들의 계정으로부터 올라오는 달력 사진 그리고 5월의 꽃과 하늘과 거리를 담은 사진들.

왜 유독 5월일까 생각했습니다. 5월이 자꾸만 눈에 밟히는 것은 나였을까요, 사람들이었을까요. 어느덧 달력의 반 페이지에 도착해서, 뜯어낸 다섯 장의 종이들이 꽤 두툼해서, 두 번째 계절이 생각보다 너무 빨리 와 버려서, 하루를 살아내는 것이 의미가 없다는 생각이 들 만큼 시간이 빠르게 흘러버려서.

나였겠죠. 5월이라 눈에 밟혔다기보다는 일 년의 반을 살아내었다는 것에, 남들과 같이 6월을 맞아주지 못해서, 5월의 마지막이었다고 생각할 겨를도 없었던 어제가 원망스러워서. 온갖 5월의 마지막을 기록하는 것들에 그리도 시선이 갔나 봅니다.

다행이라고 생각했습니다. 많은 사람이 달의 끝에서 삶의 기록을 치곡히 정리하고 돌아본다는 것을요. 달의 첫걸음을 내딛기 위해 새로운 다짐을 한다는 사실이요. 나는 오늘이 5월의 마지막 날인 줄도 몰랐지만, 내일이 유월의 첫날인 것을 알고 잠에 드는 여러분은 부디 희망차고 새롭게 나아가는 한 달이, 삶이 되기를 바랍니다.라고 속으로 기도해 봅니다.

SNS가 없었다면 내일이 6월인 줄도 모르고 5월 32 일을 살고 있었을 사람에게는 그런 것이 위로가 됩니다. 가끔은 억지스럽다고도 생각이 들 만큼 다양한 기념일들과, 시작과 끝에 의미를 두는 사람들.

가끔은 나 같은 사람이 세상의 전부였다면 세상은 어땠을까 하는 생각을 해봅니다. 장담하건대, 나만 아는 삼겹살데이 같은 게 많았을 겁니다. 새해가 되면 '어제가 1월 1일이었어요.'라며 1월 2일날 혼자 속으로만 기뻐했겠죠. 재미없었을 거예요. 애초에 더불어 사는 재미라는 것을 모르는 세상이었을 겁니다.

몇 월의 32일과 이천몇 년 13월을 삽니다. 30일쯤
되는 한 달이 유독 짧게 느껴질 수밖에 없는 이유이자
동시에 시간을 잊고 산다는 증거이기도 합니다. 나와
더불어 사는 모두에게 고맙습니다. 덕분에 심심하지 않
은 생을 살다 갈 것 같습니다. 하마터면 세상과는 동떨
어져 혼자인 것이 싫다는 티도 못 내고 외롭고 쓸쓸하
게만 죽어갔을 사람이, 그대들이 있기에 요즘은 웃게
될 때마다 행복하다는 생각을 합니다. 낙이라는 것을
알 것도 같습니다. 예전에는 쓸모없다고 느꼈던 것들,
요즘에는 절로 눈길이 갑니다. 고맙습니다. 살아있음을
알게 해주어서.

이 말이 마지막은 아니겠지만,
행복해 어디서든

　　당신을 생각할 때면 파도에 부서지는 햇살처럼 웃
던 모습이 사진처럼 남아있는 게, 당신이 내게 어떤 사
람이었는지 다 말해주고 있다. 종종 생각이 나. 가끔
많이 그리워지기도 하고. 슬픈 사실이 한 가지 있다면,
손끝에 닿을 것처럼 선명하던 당신의 미소가 이젠 멀
찍이 떨어져 보고 있는 것만 같다는 거야. 내가 당신의
행복을 멀리서도 바랄 수 있게 됐다는 의미일까.

　　그런 걸까. 나 이젠 당신 없이도 잘 지낼 수 있게 된
걸까. 당신 없이는 잘 살고 싶지 않았던 날들도 있었는
데. 무언가를 잊어간다는 공허함에 몸부림치던 날들도
많았는데.

　　언젠가 혼자 바라봤어. 나 이렇게 잘 견뎌내고 버텨
내면 그 끝엔 당신이 있기를. 우리 다시 각자의 자리에

서 행복하라고 한 마디 건네줄 수 있기를. 웃으면서 마지막에 못 했던 인사도 하고, 그렇게 헤어질 수 있기를. 그럼 더는 당신을 걱정하지 않아도 될 텐데. 하면서.

이 끝에 당신은 없지만 그래도 나는 잘 지내. 우리 이맘때쯤 만났더라면 또 다른 행복 아래서 몇 년을 그렇게 서로가 없이는 못 살았겠지. 잘 지내. 이 말이 마지막은 아니겠지만, 그리움에 사무칠 일은 없겠지.

행복해, 어디서든.

한 번만 안아볼 수 있다면

안녕 소중한 사람아.

2월이 되면 편지를 하나 부칠까 해.

날이 조금 애매한가.

왠지 그쯤이면 당신도 나를 돌아봐 줄

여유가 생기지 않을까 싶어서. 많이 보고 싶었거든.

참아내는 법을 알게 되었지만, 여전히 그래.

꿈을 안 꾼 지가 조금 된 것 같아.

밤이면 잠들지 못한 내 영혼이

당신을 찾아가는 일이 줄어들었다는 얘기야.

아. 보고 싶어라.

아침에 눈을 뜨자마자 밤새 무슨 일이 있었는지

차근히 되짚어보는 것도 나쁘지만은 않았었는데.

당신을 잊어가는 게 아니라,

혼자서도 살아가는 법을 배우는 중이야.

여전히 사랑하지만.

나 낯가리잖아.
우리 사계절을 다 지나서야 마주할 테니
만나면 조금 어색하긴 하겠다. 그치.
하루하루 살아가는 매 순간이
당신에게 해줄 얘기들로 가득한데,

아마 나는 다 잊겠지.
당신을 만날 즈음이면 잘 지냈냐고 묻겠다.
당연한 말이겠지만.
그러고선 우리의 마지막 연락을 기억하겠지.
같이 점심을 먹을까 고민하던 그날을.
그리고 어느 봄 당신의 생일날 축하 메시지를 보냈던
얘기도 하겠고, 내 여름과 가을이
무너져 내렸던 얘기도 하겠다.
달리 특별한 소식 같은 게 없어 어쩌나.
내가 막 되게 재밌게 사는 그런 사람은 또 못 되잖아.

잘 지내나 몰라.
얼마 전까지만 해도 눈물을 훔쳐 가며
그립다고 보고 싶다고 하던 나였는데.
이젠 조금 웃음도 나고, 여유가 생겼달까.
나쁘지만은 않네. 정말 괜찮으려나 봐, 나.

응원해 줘. 아주 멀리에서라도,

아무도 듣지 못한다 해도.

나 꼭 잘 지내라고 바라 줘.

내가 그랬던 것처럼, 내가 그러는 것처럼.

그거면 됐어 나는. 또 편지할게.

Epilogue_

　고맙다는 말을 전하고 싶습니다. 지독히도 괴로웠던 18
살의 생일을 버틸 수 있었던 것은 당신이 나의 여름이었기
때문입니다. 이제부터는 놓는 연습을 해보려 합니다. 쉬운
일은 아닐 겁니다. 누군가의 흔적을 지워나가고 빈자리에
익숙해져간다는 거, 어쩌면 모든 흔적을 밟고 지나갈 때까
지 아파야 하는 일일지도 모르겠습니다. 서로의 먼 날들부
터 당장 눈앞의 오늘까지, 빼곡한 다이어리처럼, 사소한 습
관들처럼, 잊으려야 잊을 수도 없게 깊숙이 스며든 것들에
자꾸만 그리운 얼굴을 마주하게 되는데 도저히 밀어낼 자신
이 없습니다.

　잘 지내주세요. 불행에 불안하지 않을 만큼 행복하고, 버
틸 수 있을 만큼만 아팠으면 좋겠습니다. 어렵지 않게 행복
하고, 버겁지 않게 견뎌내기를 바랍니다. 정말로 좋은 삶이
되었으면 합니다.

고마웠어요.

지난 내 모든 여름과 당신을, 잊지 않겠습니다.

너를 사랑할 시간

1판 1쇄 발행 | 2019년 12월 27일

지은이 다 온
그 림 황단비
편 집 김태은

발행인 정영욱 | **기 획** 여태현 | **교 정** 여태현
도서기획제작팀 김 철 여태현 김태은 정영주 정소연
디자인마케팅팀 유채원 홍채은 김은지 백경희 | **영업팀** 정희목

펴낸곳 (주)부크럼
주 소 서울특별시 구로구 구로동 237 지하이시티 1813호
전 화 070-5138-9972~3 (도서기획제작팀)
이메일 editor@bookrum.co.kr
인스타그램 @bookrum.official
블로그 blog.naver.com/s2mfairy
포스트 post.naver.com/s2mfairy

제작처 (주)예인미술

ⓒ 다 온, 2019
ISBN 979-11-6214-304-9